当代杂文名家书系

美丽的麦芒

刘永平 著

群众出版社

·北京·

图书在版编目（CIP）数据

美丽的麦芒 / 刘永平著. — 北京：群众出版社，2015.10
（当代杂文名家书系）
ISBN 978-7-5014-5428-0
Ⅰ.①美… Ⅱ.①刘… Ⅲ.①杂文集—中国—当代 Ⅳ.①I267.1
中国版本图书馆CIP数据核字（2015）第243852号

当代杂文名家书系
美丽的麦芒
刘永平　著

出版发行：群众出版社
地　　址：北京市西城区木樨地南里
邮政编码：100038
经　　销：新华书店
印　　刷：北京普瑞德印刷厂

版　　次：2015年11月第1版
印　　次：2015年11月第1次
印　　张：9
开　　本：880毫米×1230毫米 1/32
字　　数：186千字

书　　号：ISBN 978-7-5014-5428-0
定　　价：33.00元

网　　址：www.qzcbs.com
电子邮箱：qzcbs@sohu.com

营销中心电话：010-83903254
读者服务部电话（门市）：010-83903257
警官读者俱乐部电话（网购、邮购）：010-83903253
公安综合分社电话：010-83901870

思想不灭 杂文不死 希望常在

（总 序）

朱铁志
《求是》杂志副总编

在群众出版社出版的“当代杂文名家书系”中，八位同行的作品名列其中。老友阮直兄嘱我写一点感想作为总序，犹豫再三，还是从命了。之所以犹豫，一是因为近年来工作繁忙，对杂文创作的整体情况缺乏应有的调查研究，所知有限，没有多少发言权；二是对于八位作者的了解不均衡，有的熟悉一些，有的不那么熟悉，缺乏知人论世的先决条件；三是对自己的判断能力越来越不自信：真理的相对性和判断的绝对性是一对矛盾，私心以为一孔之见的东西，别人看来可能一文不值，所以聪明人通常是谨慎而沉默的。好在我并不聪明，又兼八位作者的作品摆在那里，“鸡蛋”的味道如何，自可仔细品评，未必非要拜见“母鸡”。借用国庆长假，清茶一杯，拜读佳作，也不失为一桩美事。何况我之所以斗胆作序并不是自认有资格，而是因为崇尚独立人格、独立思考、独特表达，是因为推崇自由之精神、独立之思想。在八位作者身上，我不同程度地发现了这种“三独”气质，看到了流淌在他们文字间的杂文精神，禁不住引为同道。尽管并不完全赞同他们的所有观点，但这似乎不至于成为我们彼此疏远的原因。君子和而不同，本是同志之道；杂文作者之间，更应具有求同存异的雅量、欣赏“异己”的胸怀。

有人说网络时代是杂文式微的时代，也有人说杂文已死，杂文家已亡，蕴含其间的悲愤与无奈不难体会。这样的说法，一方面道出了事实真相，即传统的、主要活跃于报纸副刊的杂文确实呈现出衰微的景象，与报刊发行量、广告量双双走低的整体趋势高度契合。另一方面，互联网特别是移动客户端的迅猛发展，从技术层面为人们的自由表达预留了巨大空间、创造了极大可能。一批思想深邃、材料丰富、文笔犀利的网络杂文异军突起，大有取代传统报刊杂文的态势，让习惯了在报刊园地挥洒的传统杂文家一时不知如何掌握文章分寸，妥善把持杂文的“度”，变得像个“足将进而趑趄，口将言而嗫嚅”的“小脚女人”。从这个意义上说，杂文似乎确已式微、杂文家确乎半死不活了。

然而，这不过是事物的表象而已。如果把目光从报刊“花边文学”中稍稍移开一点，放眼“海量信息、实时更新、双向互动”的网络空间，就不得不承认，杂文非但没有死，反而以更加健朗的姿态、更加犀利的锋芒、更加多变的样式在更广阔的空间复活了。如果说传统杂文属于“小众写作”，门槛相对较高，那么如今的网络写作则是典型的“众声沸腾”、“百花齐放、百家争鸣”。人民群众的知情权、表达权、监督权从未像今天这样得以充分体现。一个有出息、有抱负的杂文家，不必和“评论”争短长，无须抱怨网络抢了饭碗，应该从传统报纸副刊的小天地里杀将出来，努力使自己成为评论写作、杂文创作、网络耕作的“三栖动物”，竭尽全力干好自己手中的活计就是了。本丛书的八位作者身份不同、年龄各异，既有我的前辈，也有我的同代人，更有风华正茂的七零后、八零后。他们没有止步于传统报刊，而是潇洒游走于实体报刊和虚拟空间两大地带，成为广受关注的杂文作者。

赵相如老师早年供职于《人民日报》，如今主持《华商汇》及其副刊的笔政，无论从事意识形态色彩很重的党报工作，还是主办民间刊物，都兢兢业业、一丝不苟，干得风生水起、异彩纷呈。作为杂文界的前辈，赵老师不仅几十年笔耕不辍、佳作迭出，而且在自己主持的园地里团结培养了一大批优秀作者，使《华商汇》成为一块全国为数不多的杂文热土。丰富的阅历、渊博的学识、勤奋的笔耕，使他的杂文干净清爽、老辣纯熟、绵里藏针，具有娓娓道来、从容不迫的美学气质。赵老师的杂文，极少有华美的词句、华丽的铺排，更没有华而不实的装腔作势。他的言说，倒像是阅尽世事沧桑的智者与后生秉烛夜谈，说的都是家常话，道的却是人间至真的情与理。

郭兴文先生长我几岁，属于同代人。但在我心目中，他早已是闻名遐迩、功成名就的大家了。郭兴文先生生长于人文传统深厚的陕西，大学时专攻文史，毕业后长期供职于《西安日报》，写新闻、办副刊、搞研究，样样涉猎，均有所成，著述颇丰，曾获韬奋新闻奖等百余奖项。深厚的文史功底使他的杂文具有浓郁的书卷气，他常将笔触伸向时间深处，在泛黄的书卷中寻找古为今用的资源，自如游走于古今之间，见人所未见，发人所未发。

我与阮直兄相识多年，时有沟通，是无话不说的老朋友。文人间的友谊少不了以文相识、以文相交、以文相敬。除了思想观点、审美趣味的契合，更兼声气相投、性格暗合。阮直兄，原名刘永平，从内蒙古到广西北海，一路南下，不仅将大嗓门喊到了南方，也把杂文之火烧到了那里。说到他的杂文创作，不能不提他对整个杂文文坛的贡献。他所主持的《北海日报》《北海晚报》是编发杂文颇多的地方报纸。熟悉如今杂文创作生态的朋友不难明白，这是多么不易。不仅如此，他还常常向各省市报刊毫无保留地推荐作者，许多知名和不知名的作者经他推荐走了上杂文创作的道路。他的古道热肠，是被朋友广为称道的。阮直的杂文创作带有鲜明的文学色彩，他始终把杂文作为文学的一个分支来经营，不屑于平铺直叙的所谓“直抒胸臆”。他的创作善于从细节出发，透过具象的观察得出宏大的结论，善于将理性的思考投注到感性形象的描摹之中。他创作的最大特点是幽默机智。机智来源于博学基础上的顿悟，而幽默不仅有先天性格的优势，更是一种智力的优越，这就难怪他的杂文常有一些奇妙的构思让人拍案叫绝。

熟悉赵青云的名字，始于赵相如老师主编的《华商汇》。因为常在其中的“社情杂思”栏目中碰面，由知其文而知其人，逐渐成了朋友。在我看来，青云近乎全才：头顶复旦大学哲学博士学位，担任宁波海事局的主要领导，能文擅画，又有一手专业水准的篆刻技术。更为难得的是，他并不恃才傲物，为人极其谦和朴实，不失文人本色。他的杂文多从现实中来，重实际、接地气，具有浓郁的生活气息。在朴素的文字背后，常有奇思妙想；在平和的表达之下，蕴藏尖锐的批评。

本套丛书的一大特色是八位作者中有四位女将。这里单独强调杂文作者的性别，绝无性别歧视的意味，而是因为杂文这种特殊的文体似乎男性更加青睐，与男人性格更加契合。虽然这并非绝对真理，但证诸以往的杂文创作，却是不争的事实。以我十分有限的阅读经历，发现活跃或曾经活跃在当代文坛的杂文女作者实在有限，二十一世纪以来活跃的杂文女作者似乎更少。

多年前认识孔曦，有过两面之缘，也读过她的一些作品，算是老朋友了。孔曦的经历比较丰富，工学出身，做过技术员，当过刑事技术讲师，后从事报纸编辑工作，已有多部杂文随笔集出版。读女作者的作品，往往不自觉地有“女性写作”的先入观念作祟。然而我看了孔曦近期的创作以后，却吃惊地发现她现在的创作充满了男性作者也未必具有的阳刚之气。其思想之刚健、行文之果决、论断之坚硬，都让我对这位上海女人另眼相看。

至于高伟，说来有趣，我是通过她行走天下的儿子认识她的。那个大三男孩独步青藏高原，不仅用自己的脚步丈量天有多高、地有多阔、人能走多远，而且洋洋洒洒写下了几十万字的游记，这在如今的独生子女当中实在不多见。我很好奇，这么好的孩子背后一定站着一位了不起的妈妈吧？是的，高伟便是。高伟系作家、诗人出身，博览群书带来的通达灵动，加上小说家细致入微的刻画描写，使她的杂文随笔带有一种作家气质。透过她文中涉猎的阅读范围，我也明白了她教子有方的内在秘密。高伟的杂文最为可贵的一点是她在针砭时弊的同时，常常毫不留情地解剖自己。女性的直觉一旦上升到哲学的高度，就很可能产生一种令人悚然而惊的力量和震撼。这个“一生只向真理低头”的快乐女子，善于把打击自己的力量当作自己的力量，因而具有双倍的力量。

马亚丽的名字并不陌生，从《杂文四重奏》中就已知道。作为东北老乡，我对马亚丽有一种天然的亲近感。她曾经做过环卫工人、绿化工人的经历，尤其让我肃然起敬。有人说杂文的门槛比较低，似乎谁都可以写，我完全不认同这样的说法。对于蹩脚的创作而言，小说、诗歌、散文，甚至所谓学术论文的门槛都不高，谁都可以操持，但结果却有天壤之别。流在血管中的是血，流在下水道里的只能是污水。马亚丽用自己的勤奋和才华，不仅改变了自身的命运，而且将作品刊发于全国各大媒体。她的创作徜徉于古今之间，善于从时间深处钩沉掌故，挥洒哲思。有人说她是“女子文学”中一枝挺立的奇葩，有侠骨剑气之勇、翠竹红梅之美、凌霜傲雪之姿。其文风俏皮流丽、峻拔犀利，融说理、言事、抒情于一炉，于荒唐中见真情，于幽默中寓深意。

林永芳的存在是我孤陋寡闻最有力的证据。在八位作者当中，林永芳或许是最具学者气质的一位。这不仅是因为她在先后从事科技工作、理论工作和行政工作之余始终坚持有效阅读，更是因为她的独立姿态、她的桀骜不驯、她的旁征博引、她的表面平和冲淡实则锋芒毕露的文字。林永芳的杂文有思想、有文采、有锋芒、有力度。但当她面对网络时代众声沸腾的局面时，却谦虚地说自己“不会再有‘文章济世’的天真幻想了。只不过，既然上天赐我尘世一游，既然观察未停止、思考未停止，既然偶有所思所感，不忍就这样任其散佚湮灭。相信独立思考的东西，总不会毫无参考价值。‘思想超市’里的产品丰富一分，总胜过单调一点。倘能给他人以那么一星半点的共鸣和启迪，也就不算白写了”。这样的说法，或许无意间道出了如今很多杂文家的写作宗旨，具有相当的普遍性。

是的，文章未必是“经国之大业、不朽之盛事”，也肯定没有“一言兴邦，一言丧邦”的威力，但自由思想、自由表达，永远是创造的前提。这就是杂文无论怎样卑微，依然有其独立存在价值的原因所在。

2015年10月6日于北京

一路形象到底 一路调侃到底

（代 序）

朱大路

听阮直闲聊，是一种乐趣；读阮直杂文，是一种享受。此公的文笔，有点像他的口才：悬河泻水，滔滔不绝。报人写杂文，最怕夹杂“时评腔”，就像骑惯了自行车，再骑黄鱼车，龙头会歪。可阮直的“龙头”，掌控得很稳。

阮直的“杂文宣言”，明确宣告：“爱是我写杂文的动力”。这个动力，很给力。正是由于爱祖国，爱生活，爱生命，他才选择了用杂文来批判丑恶，特别是“批判权力对弱势者的轻蔑，批判权力与资本结成的利益链条，批判强权对知识分子独立人格的绑架”。一百个杂文家，有一百种批判方式；阮直的方式，也与众不同。

10年前，我曾用“一路形象到底，一路调侃到底”概括阮直杂文的风格。近几年，他依旧保持了这一风格。这是阮直写作的“看家本领”，在全国“杂文市场”上，具有“品牌效应”。有的句式，只要念上几句，便可猜出：这是阮直的文章！

“一路形象到底”，即文中的观点，大多有形象作依托，而且贯穿始终。他能描情状物，勾勒出批判对象的形态，然后鞭笞之。他的《“有病”才去找“神医”》一文，如此描写骗钱的“神医”——“有一段半真半假的传说，有一本半缺半全的医书，弄一副半人半仙的样子，有一种只可当面吃下、不许带走的‘灵丹妙药’，有一面面、一块块患者上当受骗后送的锦旗、匾额或高悬或悬高”。但“世代神医”也都是“苦”出身——“所不同的是短粗的手指头上多了一枚大个的金戒指，眼角的眼屎照样洗不净，却多了一副装饰用的金丝眼镜，又粗又黑的脖子已系上了一条‘金利来’。”“洗不净”的“眼屎”，与灿烂的三“金”并肩亮相、一同炫耀的形象绝了，阮兄的“形象思维”够卓越的！他在《绅士个屁》一文中写道：“鸡蛋一样圆滑的头颅是长不出绅士犄角的。”在《乔布斯的土壤与托马斯的神话》里，他说道：“挣钱的事情最不用别人操心，每个人都是知道腥味在哪里的一只猫。”“乔布斯的苹果‘改变世界’，连资本的肮脏也能被智慧漂洗了。”在《城市名片与“名人”名片》一文中他讲道：“我就没见过一个北大的教授还在名片上印上‘北海电大客座教授’的。一个月亮的清辉还不顶二十个繁星的光亮吗？”别以为这类比喻拍拍头皮就可以想出来，其实，这是作家的一种禀赋，是心理素质、知识结构、想象能力、语言库存量的综合反映，没有多年历练，达不到如此境界。

“一路调侃到底”，即把一本正经的“批判”，化为幽默的“调侃”，一路嘲弄，一路讽刺。题材悲催，他能以乐写悲；内容痛楚，他能以笑写痛。有时，带有“脱口秀”式的随机应变的智慧；有时，带有网络时代“吐槽”式的挖苦和抬杠；有时，貌似乐乐呵呵地说笑话，突然机锋一露，杀个回马枪来。我曾对人感叹：要把阮直的调侃功夫学到手，我只能等下辈子再努力了！这种功夫，据说来源于阮直从小生活过的科尔沁草原他姥姥家的一片乐土，那里，做人豪放、乐天，“七百年谷子八百年糠、张大胡子吴大帅的胡扯滥拉”，“除了父母不许捎带上，骂天骂地骂皇帝都没禁区”。真是“一方水土养一方人”，大草原的风情，养育了他善谈能扯的脾性。《物极必反》是他杂文中的名篇，十二段文字，每段排列几种事物或现象，东拉西扯，由少到多，由浅及深。从第一段：“话说一遍的是皇帝，说两遍的是宰相，说四遍的是太监，反反复复说个没完没了的是老婆”，到第十二段：“牛一，若说是‘牛顿第一运动定律的简称’，那么牛二则是街头的泼皮，牛群就是奶业兴旺的标志了，‘牛根生’就是‘蒙牛’的法人代表，‘牛皮’就是我们乡长浮夸的见证”，语言谐谑，看似毫不相关的“扯闲篇”，其实，有砭庸针俗的深意存焉。那篇《啥叫误人子弟》，回首自己被耽误了的大半生——“二十三岁那年我还以为爱因斯坦是西亚的一个主权国家，二十五岁时我还坚定地认为‘三大宗教’都是封建迷信（其实到现在我都用不准这个词组），二十四岁那年我在大学的课堂里，老师讲到了马克思的哲学思想是吸收了黑格尔哲学的，我曾经为此苦恼了三天，这黑格尔是个什么果子呢？”全文从头至尾，将反知识、反文化的本质，调侃个够。

阮直杂文，常把自己摆进去。此公年纪不算老，偏偏“老气横秋”，早在40岁出头，就开始把“老夫我怎么怎么”挂在嘴边。有时像说相声，先来个“自我矮化”，让人觉得这“老夫”能以弱者自居，蛮谦虚的。例如，《研究一下“研究生”》剖析的是“读研热”中的猫腻，却以“自嘲”开头——

“若按我所具备的学历资格，老夫我是无权研究研究生的，因为我迄今所拥有的这个高等学历文凭是个假的（就是花钱买的），交足了学费，人家给了那么一个‘××大学函授部’的红本子。但我对得起组织的是我从未在任何一张与组织有关或与组织无关的表格上写下我这个‘假学历’，包括搞对象时，我虽说千方百计地‘卖弄’过自己的‘学问’，但也没敢‘显示’一下这个‘学历’。因为我心里知道它不是‘亮点’是‘污点’。”

态度实在，文风亲切，使全文对片面追求“高级文凭”的批评显得不是隔靴搔痒，而是切中要害。而在《现代隐士要隐啥》中，作者以“草包”自称，强调的是“欲望其实并不可怕，可怕的是欲望无限”。《我怕人类破译“基因密码”》，旨在批判特权阶层和等级思想，作者以“喽啰”自称，认为“千年长寿的优待在中国若有千分之一的名额，也该是我们乡长先轮到吧”，“像我一样的喽啰就是到了死的那一天，去火化也都轮不上优先权。”一个“喽啰”要求“生命平等”，这种声音，值得同情，也有点可爱，从而让全文的立意——“生命的长短还是让人类不能随意地控制好”，“一旦让腐败和强权者‘贪污’了‘长寿’的基因密码，这个世界可就再难找到好人了”——一下子跳了出来，变得合情合理。由此可见，矮化自己，是为了深化命题。

命题，是表达判断的语言形式，而阮直，恰恰是发现命题、提出命题的高手。当然，“不吃饭是要饿死的”、“包二奶是不要脸的举措”这类命题，在《阮直集》里是找不到的。他的命题，是在独具风貌的论述中，归纳出来的思维结晶。例如，广州火车站的工作失误，造成上百万人聚集在站内，成了一个“死站”，而如今任何一个阴谋都不能让百万人聚集在一起——对此，阮直的命题是：“无能有时比阴谋更能坏事”；赵高、秦桧、周作人、康生都是文化名人——对此，阮直的命题是：“文化不是灵魂的‘排毒胶囊’”；出卖肉体的人要挨骂，但那些出卖土地的是拉动经济，出卖国有企业的是资产重组，出卖青山绿水的是发展旅游事业——对此，阮直的命题是：“出卖不是自己的东西才最卑鄙”；我们弱小时，就用谋略去以弱胜强，我们强大时，就用重典与王法治国、治民——对此，阮直的命题是：“谋略是弱者的暗器”。单是关于“无聊”，他就提炼出以下命题：“无聊才是我们生命的常态”，“人的可笑与可悲不是无聊，而是神圣自己对付无聊的方式”，“无聊的人，比人的无聊更遭人讨厌”。有深度的命题，标志着一种思想高度，是对新的“思想煤层”的开掘。

阮直在祖国的西南一隅，撑起一方杂文的“天空”。《杂文选刊》将他选入“中国当代杂文30家”，是对他成就的肯定。十几年前，我编《文汇报》“笔会”杂文栏目时，编发过他一些稿子，对其写作路子十分看好。我在想，老夫老夫，迟早是要老的，但他的爱不会老，思维不会老，杂文的生命力不会老。

（此文发表于《南方文坛》2014年第1期）

目录 Contents

» 蚂蚁用换届保证“方向正确”

中国最大的通讯社——新华社8月2日发布一条关于小小蚂蚁的新闻。作为有30年新闻龄的本老汉觉得有趣，按照我们的价值观念评判，那一定是一件有意义的事情，因为我们党的领袖毛泽东老早就告诫全党，要做一个“脱离低级趣味的人”。我们国家最大的通讯社说蚂蚁，一定是有意义的，不会无聊到看蚂蚁搬家吧。

看！认真看！一看，真是意义重大！

人们常常把蚂蚁能搬“巨大”的食物回家比作“团结就是力量”的象征，但很少有人知道蚂蚁是如何靠协作来发挥团队力量的。以色列研究人员发现，蚂蚁在个体带头和团队协调中保持着很好的平衡，最终把比自己身体大很多倍的食物搬回家。

以色列魏茨曼科学研究所研究人员在最新的一期《自然·通讯》杂志上报告说，一群蚂蚁围着一块相对它们是“巨型”的食物，朝着家的方向前进，后方的蚂蚁向上“抬”，前方的蚂蚁则是向前“拉”。然而，尽管蚂蚁大体上在朝着家的方向进发，但过程中是经常会走错路的，所以需要不断地调整方向。那么，哪只蚂蚁在指挥大家不断地“校准”路线呢？

研究人员经过录像分析发现，搬食物的蚂蚁越多，回家的速度也就越快，负责“校准”方向的是中途不时加入团队的“新队员”。录像显示，每次有新蚂蚁加入搬运团队时，它们的行进路线就会有所调整，且“老队员”都会按照“新队员”行进的方向前进。每个“新队员”负责导航的时间平均在10秒到20秒，在那之后，通常会有新的蚂蚁再次加入，“老领导”会马上“退居二线”，无异议地服从新蚂蚁带路的方向。整个蚂蚁团队就在这样不断的“校准”中前进，将食物搬回了家。

新华社的这条消息突出了蚂蚁的价值是协作精神，可老汉我看到的怎么就是蚂蚁“换届”的智慧呢？那些掌握了回家方向的新蚂蚁一旦有几只自以为是了，觉得能号令这熙熙攘攘的蚂蚁大军奋勇直前是一件彰显自己地位的伟大事情，因而不肯交出“指引方向”的权力，非要把“号令”进行到底，从此也就让那些为了“民生事业”的蚂蚁一次次地走了歪路，甚至南辕北辙，离蚁穴也越来越远。从而丧失了储备过冬的食物，让蚁群遭受灭顶之灾。如果是这样，势必引发蚁群的揭竿而起，从此血腥的厮杀就无法避免。但蚂蚁是聪明的，蚂蚁们“指引方向”的权力像我们人类社会民主国家的换届一样，都是阶段性的指挥。从指引方向的权力岗位让位以后，这些蚂蚁们并不是什么功臣，他们也没有特权，而是马上就加入了搬运食物的大军，又从基层做起了。

蚂蚁在20秒之内就更换指引方向的权力，就是为了保证蚂蚁在执政期间的思路与记忆始终处于最佳状态，如果超过20秒钟，蚂蚁的记忆就会衰退，思路混乱，这是蚂蚁在几亿年的生存中积累的本能，这个本能就是蚂蚁的生存状态，蚂蚁的这种生存状态与人类的“届满”、“到届”、“换届”是多么的一致。因为领导我们事业的各级领导只有不断“换届”，才能保证我们事业与工作的可持续发展。

不可想象的是，哪家公司或企业，哪个乡政府或县政府，哪个书记或主席，明明超过法定“20秒”就是不愿交出“指引方向”的领导权，那样势必导致“窝里斗”，人们就会采取其他手段或方式来动摇你的地位，这是人类社会在几千年的生存与发展中总结出的经验与智慧。届满就换届，到届就要让位，这样文明地交出指挥权，才保证了群体关系是和谐的，是文明的，是彬彬有礼的，是协作愉快的，是一荣俱荣、一损俱损的。蚂蚁知道，人类有时做不到，那些早已届满，心中没了方向感的人，为啥还在管着队伍行进的事情呢？在这一点上人类有时不如蚂蚁！

» 秃子可以动，和尚不可以动

其实，这句话的原句是：“和尚动得，我动不得？”读过鲁迅《阿Q正传》的人都知道，阿Q伸手去摸静修庵小尼姑新剃的头皮，小尼姑满脸通红地说：你怎么动手动脚……阿Q的回答是：“和尚动得，我动不得？”阿Q只是凭想当然，他哪里知道人家和尚真动手了没有，在阿Q的心目中，凡尼姑一定与和尚私通，和尚能动手，我为什么不能？这句话活脱脱勾勒出一种心理：原本并没有动的理由，但前面有人先动了，那么，我也不妨来动一动。

阿Q哪里知道，和尚与俗人比，毕竟是多了清规戒律的。现实中和尚的七情六欲还是要受到严格制约的，就算是人家“秃子动了，和尚也动不得”。这有点像当下的官场，有些官员们以为男女情色的事儿已经有了“一杯水主义”的趋向了，从人性的角度给予陷入情色陷阱的官员以谅解的姿态，“食色，性也”。因为大众的情色事儿，已经不能让人们大惊小怪了，但对于官员的情色事件人们还是津津乐道的，谁逮到了这样的新闻谁都要到处奔走相告。这其中的原因就是“秃子可以动，和尚不可以动”。秃子身上没戒规，和尚头上有戒疤。

5月28日《南方周末》报道，一个犯罪团伙，在湖南官场掀起一场风暴：女人专事色诱勾引官员开房上床并偷拍视频，男人负责拿着视频对官员们进行敲诈勒索。湖南至少有衡阳、郴州、永州和湘潭4个地市的14名官员落入陷阱。色诱官员的手法虽然卑鄙，但上钩的官员也是活该！

近年来，官员的情色丑闻可谓前赴后继，先有广西来宾烟草局局长韩峰的“香艳日记”，再有江苏溧阳卫生局局长谢志强的“微博开房门”、重庆市雷政富的不雅视频……官员们为何频频陷入情色旋涡中？就算别人不给贪官设计这样的“桃花劫”，贪官自己也去寻找“桃花运”。在贪官的眼里，如今的男男女女上床就如喝杯水，凭什么他们动得，我动不得，世俗百姓动了也是白动，我动了还能投桃报李。这就给一些心术不正的老板们找到了利用、牵制贪官的机会。于是官员的“桃花劫”“桃花运”就如电视连续剧，一集接一集地上演了。

这样的“桃花”事件不仅让一些官员为此付出了代价，也让官员的形象与国家财产蒙受损失。可是长久以来，我们还是不能从根本上解决官员的“桃花”问题。如何让官员们知道：“秃子可以动，和尚不能动”，入了佛门就要遵守佛门的清规戒律，谁犯了戒规谁就被清除佛门。道理一目了然，可就是挡不住“和尚要动”的势头。记得经济学家张五常有个颇为形象的比喻，如果在一个房间里有一个男人和一个漂亮的女人，没有男人会对漂亮的女人不动心。解决这个问题的办法似乎可以这样：让屋里的男人增强相互监督，同时为防止男人之间相互勾结，把房间变成玻璃房，里面的人能看到外面，外面的人能看到里面，这样女人就处于绝对安全的状态之下。

用最为熟悉的话语来解读，就是要让权力公开透明地运行，没有了权力寻租的可能，也要让那些想从男人的权力中捞到好处的女人看到，我们的男人也是克林顿了，他动了你也是白动，他不能用手中的权力为你的献身办一毛钱的好事。如果我们的权力体系能构建这样的设计，自然也就没有情色专门寻找官员之中那些有缝的蛋了。如果女人还是愿意让有些男人动，那就是人家的两情相悦，只要你们的“桃花”开在私密的空间，花粉不过敏他人，也没人穷追不舍的，但也别忘了，各自的后院也是难逃的一劫。

» 让能人多出个双胞胎

中国经济发展缓慢，政府的解释是进入了新常态，经济学家的解释是中国经济已纳入了国际经济的大循环圈，银行智库的解释是世界经济还没有走出金融危机的后时代，人口学家的解释是人口红利的时代结束了。

春江水暖鸭先知呀，调查一下那些发展势头受阻的企业与商家，就会有一个直接的答案。如今企业老总感到最难的莫过于两点，其一，缺少发展基金；其二，招到有用的员工太难。缺钱还可以找政府、找银行、找关系，可要是缺人你找谁呀？就是把自己的老爹老妈，七大姑八大姨都网罗到自己的企业也无济于事。当爹人人都会，当个有用的员工就不一定人人都行了。让一个团队都是有用的员工那就更难了。一个企业面临着缺钱又缺有用的员工时，我估计离停产的时日也就不远了。

于是有专家好像找到了问题的根源，归结到我们长久实行的一胎计划生育政策上，人口锐减让我们失去了特有的发展优势。并拿出最近联合国世界粮食计划署关于老龄化人口的报告：虽然中国是世界上人口最多的国家，但自20世纪90年代以来的出生率下降意味着其人口老龄化要快于其他许多发展中国家。到2050年，中国60岁以上的人口将近4.4亿。与此同时，国家统计局2015年早些时候称，2014年劳动年龄人口减少了371万。自2012年以来，16岁至59岁的劳动力人口一直在减少。

人口是在老化，劳动力是在减少，可同时伴随出现的问题还有失业人口不见减少呀，政府年年都把就业纳入维稳的大局。无论地方财政怎样捉襟见肘，政府都要拿出财政专项资金为那些失业者“买就业岗位”。政府面临的就业难，要比企业的招工难更难。这一对看似矛盾的问题说明了一个问题，“有用的人没有”“没用的人太多”。

这好像与计划生育的少生孩子没关，因为现代社会需要的劳动力不是人多力量大的人民公社。过去一个生产队50个劳动力能种的800亩土地，如今一个人承包下来就干得漂漂亮亮了，亩产的产值是过去的好几倍。解放了的农村劳动力只好大量涌入城市，可随着城市经济的快速发展，劳动密集型的企业面临的转型升级，让没有技术的农民工面临着失业，失业的农民工也是劳动力呀，素质不高的劳动力是过剩的。

不想方设法提高人口的素质，以为再多生一点儿人，就可再享受人口的红利了。可人口素质低下这件事是从来就不用政府操心与花钱就完成了的，想让低素质的人口生出高素质的人口，这要比提高现有的人口素质难度更高，成本更大，那还不如提高现有人口的素质了呢。

以德国与日本为例，人口老龄化比我们来得更早、更严重，可人家从不依赖人口的红利来发展经济，甚至也存在失业现象。日本的工人劳动全员生产力是我们的5倍，德国是我们的7倍，如此巨大的差距是多生几个孩子解决不了的。如果我们的劳动人口素质不用提高到德国、日本那样的水平，就是与自己比，再提高一倍，那就等于“有用的劳动力”都冒出了个双胞胎，这才叫事半功倍的力量呢。

如今企业都想招到于自己有用的员工，没人愿意花钱培训适合自己的员工，都怕自己“养大的孩子”一旦羽翼丰满就展翅高飞了。这也是我们与德国、日本企业的差距，人家的员工是几代人都效力于一家公司。我不做企业，不能胡说，我们的企业主都是聪明人，为啥不可向人学学。谁要是指望人口红利让企业发展，那就等20年后那些再回来的好汉吧。

» 懒蚂蚁的价值

日本北海道大学生物研究小组对三个分别由30只蚂蚁组成的黑蚁群活动进行了观察，结果发现：大部分蚂蚁都很勤快地寻找、搬运食物，少数蚂蚁却整日无所事事、东张西望，他们把这些少数蚂蚁叫作“懒蚂蚁”。

有趣的是，当生物学家在这些懒蚂蚁身上做上标记，并且断绝蚁群的食物来源时，那些平时工作很勤快的蚂蚁表现得一筹莫展，而懒蚂蚁们则“挺身而出”，带领众蚂蚁向它们早已侦查到的新食物源转移。原来，“懒蚂蚁”把大部分时间花在了“侦查”和“研究”上了。它们能观察到蚁群的薄弱之处，同时保持对新食物的探索，从而保证不断得到新的食物来源。这就是所谓的“懒蚂蚁效应”，懒于杂务，才能勤于动脑。

其实，这个研究并不新鲜，中国人早在两千年前就把“懒蚂蚁效应”用在管理国家的政务上了。

战国时期的“养士之风”就是典型的“懒蚂蚁效应”，养士成为上层社会竞相标榜的一种时髦风气。有实力、有抱负的国君、权臣，无不以尽可能多地收养门客为荣。孔子的孙子子思在《孔丛子・居卫》中写到战国时代“天下诸侯方欲力争，竞招英雄，以自辅翼。此乃得士则昌，失士则亡之秋也”。此言深刻地道出了战国养士之风经久不衰的真谛。

齐国的宰相孟尝君就足足养了三千个“懒蚂蚁”，就连会点儿鸡鸣狗盗、雕虫小技的人也能成为他的门客。秦昭王对孟尝君最为敬慕，派特使迎接孟尝君入秦。孟尝君带着门客千余人来到秦都咸阳。孟尝君献给秦昭王一件纯白狐狸皮袍子，秦昭王很高兴地把它藏在内库里。可秦昭王听信了属下的谗言，把孟尝君软禁起来，孟尝君请秦昭王的宠妃帮忙解救，妃子说：“这不难，但是我要一件白色狐皮袍。”孟尝君为难了，仅有的一件已经送给秦王了，哪来第二件呢？有个门客说他有办法。当天夜里，这个门客模仿狗叫声，从狗洞潜入秦王内库，看守以为是自己养的狗，未加怀疑。于是这个门客盗出了那件白色狐皮袍送给秦王的爱妃，孟尝君也得了自由，并急忙带领门客连夜逃离秦国。他们半夜逃到边界的函谷关。这关口要到鸡叫的时候才许出入，忽然有个门客学起了公鸡叫。一声跟着一声，附近的公鸡全都叫了起来。守关的人开了城门，让孟尝君出了关。等到秦昭王派人追到函谷关时，孟尝君和他的门客已经走远了。

就这样一些平素里无所事事、只会点儿鸡鸣狗盗的人，关键时候却比那些勤勤恳恳种苞米的人更有价值。

其实，大到一个国家，小到一个公司，这个道理是通用的。因为任何组织都是由形形色色的人构成的，“勤者”与“懒者”

都不可或缺，勤者的存在，是一个组织赖以生存的必要条件，但那些指手画脚、牢骚满腹者也不是毫无存在的必要。没有了“懒惰者”与“不合作者”，勤者还真的极易无所适从，多作无谓劳作。

特别是一个国家、一个民族更不能少了看似“四肢不勤，五谷不分”的“懒人”，正是这些貌似不勤恳的“懒蚂蚁”的“坐而论道”，才是宏观决策的智囊团。正是因为有了他们“没有实际用处”的虚幻的事业，才让无数务实的人有了安置灵魂的精神家园。有些看起来没有用处的“懒蚂蚁”其实是文化使者的自觉寻找。人类如果没有那些“懒蚂蚁”从事着诸如哲学、美学、数学、文学艺术这样的研究与创作，全是寻找、制造物质财富的勤勤恳恳的“勤蚂蚁”，该是多么单调与可怕。

» 让“打假”“越打越小”

民间俗语曰“越打越大是棉花”，这句话如今用在王海的打假上很恰切。20年前王海开始打假，他不会想到打假会成为职业，打假还打出了名声，打出了财富，打出了公司，是四家公司，并且是赢利的公司，仅去年一年王海打假总索赔额理论上就有1000万元。

综合今年市场的假冒伪劣案件，王海的打假“产业”应属于朝阳产业，远景不暗淡。现实造就了王海，中国“打假老板”第一人非王海莫属。老汉我预言，在创新难、就业难的当下，那些择业摇摆不定的大学生们，注册一家“打假公司”保准没错，保险公司要是有眼光，也该开设“打假公司”赢利投保新条款。

俗话说“抓不光的虱子，拿不完的贼”，如今看来，造假者比虱子还多，比贼还难对付。打假不职业化、公司化，谁能与假死磕。

打假的主力军从来都是政府的工商、质检、公安、消协，再加上企业成立的打假机构，偶尔还有“刁民式”的打假、“英雄式”的打假、维护自身利益式的打假、一时恼火激情式的打假，可谓铺天盖地在打假，可“假货”就像一堆棉花——越打越大。

膨胀的假冒伪劣产品人们已经习以为常了，连打假的政府专职人员都经常告诉老百姓要提高防范意识，要具备鉴别假冒伪劣的能力，其实这正是对自己管好市场、彻底消灭假冒伪劣没有信心的表现。如果我们的监管完善，市场干净，产品合格，你想买个假货都没有，消费者掌握了识别假货的本事不也是屠龙之技吗！根除假冒伪劣产品不要指望消费者，如果不借助现代的检验设备，消协秘书长自己的肉眼凡胎能看出奶粉合格不合格吗？让消费者自己识别假冒伪劣，就如武松的醉拳在没打倒西门庆之前，先别指望武大郎的扫堂腿还有奇功。

王海平时的打假连热点新闻都算不上，这次之所以又被媒体热议，是王海的语言有了“力量”，我“打假从来和正义无关，赚了钱才能高尚”。别看王海说得低俗，其实结果很“高尚”。王海打假心里为了啥与别人无关，可王海打假的结果是社会受益。王海把打假变成职业，把自己打造成“打假老板”，毕竟是依法打假，没有《消费者权益保护法》作尚方宝剑，就没有王海的胜利，如果王海打假靠的是“黑吃黑”，他早就被那些黑心的商人、企业主给黑掉了。

王海在打假的同时把自己的“事业”“打大”了，这足以说明社会的打假大环境在变好，王海打假创利越多，就越能说明我们的《消法》落到了实处。只要王海的打假行为符合法律规定，就应该受到保护和尊重。只有当假冒伪劣产品彻底退出市场、人们的维权意识明显提高、维权制度形成并得到强力的执行时，王海才能从“打假老板”转身转型。而在今天，人们需要王海，社会也需要王海这样的“打假老板”。

目前有多少人会用《消法》维权？维权成本高、过程长，人们耗不起。特别令人忧心的是，有的人遭遇假冒伪劣求告无门，被一个个单位像皮球一样踢来踢去，更伤害了他们打假的信心。于是，他们只好忍气吞声。要是有了可求助的打假公司就不用放弃了，也就不会生气，职业打假人更不会生气，他们就怕没生意，“订单”多了收益才大呀。王海变身“打假老板”的现实意义就在于：只有誓与假冒伪劣死磕到底的打假职业人，假冒伪劣的产品才会像煤球——越打越小，不会是棉花——越打越大。

» 故宫裸照关乎什么

一名摄影师近日成功地在故宫里避开人潮，为女模特拍摄一辑三点全露裸照，尺度之大引起网友争议。针对网友“亵渎文物、伤风败俗”等质疑，摄影师通过个人微博回应称，创作没有影响任何人。他还辩解说：“这个世界上没有道德的行为，只有行为得到的解释。有什么样的底线，我自己心中有一个标准。我想我也没必要跟全世界把这个标准说出来。”我觉得起码摄影师也没必要跟全世界把这个事情说出来呀，你说出来就是挑战大众的文化习俗。故宫博物院毕竟是庄重严肃的历史文化场所，出现了不庄重的裸体摄影，必然会引发常识性的批评。裸照艺术虽然也是艺术，可毕竟是现代艺术，这就像唐朝再开放，杨贵妃也不穿比基尼一样。裸照拍摄自然也是社会伦理的递进呈现，但递进的方式有个缓慢的进程，谁让这个进程加速，谁就要遭受谴责。当然，你不在意，谁也奈何不了你，可摄影师那样霸道的辩解，就成了公然挑衅大众，招骂也就咎由自取了。

无论是当事人所谓的“道德”与“标准”自辩，还是旁观者按照理性逻辑的习俗与道德的评判，故宫里的裸体拍摄都是不恰当的，是有伤风化的行为。因此反对的人多于赞同的人。

艺术创造需要自由，但这种自由不应挑战法治和道德底线。否则，就是坏了规矩方圆。就像现如今，即使是最落后地区的村民，也不反对为了艺术或不为艺术的女人拍裸照了。在新中国成立以来的历届人民代表大会上，就没有代表收到过村民“关于在各艺术院校取缔裸体模特”的提案。就是在最基层的村民代表大会上，也没有村民提议取消人体模特的建议。别说有人光着那么一会儿，只要你愿意，你一辈子裸着还低碳呢。但裸着要选准地方，如在你自个家中，相爱的男女，彼此不裸着还不算相爱呢，如在美院的画室，比如裸体主义者在海边集会摆造型，这都与别人无关。有关的是裸者裸着的地方错了，当你二大爷、小姨妈、小侄子都来了的时候，你就不能再裸着了。

风俗中有文化，文化中有伦理，当一个时代的伦理还不接受女人在庄重的场所之下裸体的时候，那么少数艺术家的文化观就要服从于大众的伦理观。你要觉得裸体在故宫皇帝的床边裸着才能裸出韵味，你可以拍摄，但千万别再挑逗大众的接受心理。

《六度集经·之裸国经》中的那个典故就是讲“裸体”挑战风俗的故事：有两兄弟到一个民众都不穿衣服的“裸国”去经商，弟弟愿意“随俗”，也全身赤裸进入，受到国王礼遇，发了大财，哥哥坚持自己的“衣冠之礼”，结果却被赶出国门。

从本性上讲，人与动物还有相似之处。无非是领地意识转化为风俗意识罢了，如今的故宫还是传统文化的象征，“不是现代艺术的殿堂”，故宫的管理权不是大众的，但“风俗、伦理”还是民族的、大众的。摄影师拍的裸照就是蔑视了大众习俗的存在。

撇开裸体的话题，扩展的文化与风俗，就像我们不能把猪蹄儿带进回族人开的饭店，你也不能在疍家人的渔船上大谈海难的故事，兄弟媳妇也不能与大伯哥谈论性的话题，连羊群里进来一只羊驼都算“另类”，除非你也学会羊叫。忌讳是各个民族都有的风俗与伦理，我们每个人，甚至是强权的政府都不能随意改变、践踏。入乡随俗不是迂就落后，而是承认文化的差异，这种差异如今越来越小，这绝不是一件好事。

你可以自认你坚持的观念是先进的，但你不能以文化的随意的方式冒犯别人坚守的“落后”。如果没有一些人坚守着“落后”，就没了文化与风俗上的丰富多彩。更何况现在就下结论，说谁的文化风俗是先进的，谁的是落后的还为时过早。

例如，相对于性爱的“一杯水主义”，我看在生理卫生上也不比“处女情结”有多大的进步，就像普及普通话，当有一天进步到全国人民都不会说自己的乡土方言时，我看比有些人普通话说不好还可怕。

» 时间面前能人人平等吗

时间不是自然物，时间就像音乐、哲学、数学一样都是“人造的宇宙”。自然界本没有时间，因为有了人类，人的生命才有了长度，有长度的生命又找到了文明的生存方式，文明是历史的积淀，历史需要时间证明，时间才有了意义。

设想一下，没有人类生存的星球还需要时间吗？我们计算银河系的形成时间，还不是站在人的角度？所以，时间是人的时间，不像物质世界，有没有人类它依然存在，如高山流水，如春暖花开。

时间既然是“人造”的，人能把控时间吗？古往今来无数的哲学家、思想家，都感叹时间如白驹过隙，岁月如梭，说的就是无奈，无奈到谁都无奈。无论你是三皇五帝，还是流氓草寇，无论你是天才精英，还是乌合之众，谁都无奈时间的脚步。于是就形成了定律——时间面前人人平等。

事实真的如此吗？老夫不敢苟同。时间也不是个好东西，这家伙也能腐败，也能被权力遥控，被金钱收买，时间这家伙也青睐智者，远离平庸。例如，那些为了生计奔波劳顿的人，就没有多少自己的时间，他们的时间就是工作，甚至是加班加点地工作。老板用金钱买下他们的时间，就有了支配别人时间的权力，给你放假，或让你加班。有钱人有了足够的金钱之后，就可以把自己干的事情让别人干。在自己什么也不干的时间里享受自在，他就会活得滋润了。当一个人自己支配自己的时间越多，干自己愿意干的事情时，他的生命就有了乐趣，有了幸福感。

我们大多数人是不能自己支配时间的，你要工作才能生存，工作者的角色不是自己定义的。你被谁定义了社会角色，你的时间就由他掌控了。你是店长，你就得听总经理的话，他说明天让你去他办公室汇报工作，你就得按时到公司等候他的召唤，他要是没到，你就候着，是晚一小时，还是晚四十分钟，都是正常的，他剥夺你生命的时间不算罪过。一个官员在台上讲话，数百人聆听，可他讲的完全是空话、废话、车轱辘话，你也不许交头接耳、打瞌睡。他可以平庸，你不能不尊重他的平庸；他可以捆绑你的时间，你不能为了“自由”而逃离。他是职务行为，你是职业服从。

时间都哪去了？时间在很多时候都奉献给了无聊。例如，那些座谈会、研讨会、交流会、论证会、务虚会、不写字的笔会，为了开好某一个会，还专门开了一个预备会。无数的会，其实意义不大，要说还有点儿意义，就是证明开过了这么一次会。无论是官场还是民间，无论是业界还是学界，我们是世界上开会最多、会议成本最高的国家，这个成本不仅是经济成本更包括时间成本——生命成本。

每个人的生命长度都是一段时间的年谱，可这个年谱中的内容往往不是自己填写的，我们的时间只有被组织“放假”后才属于自己。就说在自己时间的“自留地”里吧，我们能收获自己的庄稼吗？也并非如此，因为时间还是喜欢与有智慧的人合作。日本杂物管理咨询师山下英子有一部新书《断舍离》，是教人发掘自己和物品之间的关系的书，这也是一部智者与时间关系的书。他告诉我们，你拥有“物”，也就容易被“物”所拥有。断，就是断绝不必要的东西；舍，是舍去多余的废物；离，是脱离对物品的执著。不被“物”所羁绊，就会拥有行为的自由，不被虚名所累，就会拥有心灵的闲适。不要太相信自己是个成功者，“成功”的背后未必是幸福，不是成功人士的闲适生活比成功人士的谋略人生更像是人过的日子。

由此可见，在时间面前并非人人平等，摆平时间不比建功立业轻松，因为活得自在闲适比奋斗舒服！

» 稻草的捆绑术与山头的帮派圈

几日前，朋友圈里流传一条关于“稻草定律”的微信，说路边的一根稻草如果没人搭理，它就永远是一根稻草。有个卖白菜的人发现了这根稻草，用它捆绑了白菜，于是，这根稻草的身价就与白菜一样了，如果有个卖螃蟹的人发现了它，拿去捆绑螃蟹，这根稻草就与螃蟹的身价一样了。

由此得出结论，人的身价有时也像一根稻草，与自身无关，就看你与谁捆绑在一起，结交什么档次的朋友，具备了什么样的背景。人生之旅就像搭上什么类型的火车，就享受什么样的速度。皇帝身边的丫鬟在官员面前都不是下人，富人豢养的猫狗也得叫宠物，狮子领队绵羊，绵羊也威武雄壮，绵羊领队的狮子，狮子也底气不足。

可老夫我恰恰不觉得“稻草定律”是人生借鉴的宝典。稻草什么时候都是稻草，螃蟹什么时候都是螃蟹，不要以为自己与螃蟹捆绑在一起，卖了一个螃蟹价，稻草就是螃蟹了。“螃蟹”活着的时候，你稻草没有螃蟹的蛮霸，螃蟹要是死了，你稻草又回到了原点，而且螃蟹的美味也是稻草永远不会散发的。稻草不要以攀龙附凤来提升自己的身价，稻草的价值在于它是稻米成长的母本，稻草孕育的米香是无论多么横行霸道的螃蟹也无能为力的。稻草即便结束了自己有用的生命，沦为道边的“废草”，它也不会遭到鄙夷。稻草只是攀龙附凤之后的自恋、得意才让人耻笑。不要以为“卖上个好价钱”就尊贵了。妓女就是把自己卖到巴黎红磨坊里一夜千金了，她还是妓女；武大郎与武松在一个屋檐下吃饭，他还是窝囊废；刘阿斗身为龙种，命运倒是注定了他被捆绑在蜀国的江山之上，可素质也决定着他还是一捆“稻草”，长在金銮殿里的狗尿苔，永远不会变成灵芝草。

“稻草定律”最可怕的是它主张的价值观——不怕平庸，就怕你不会经营自己。因为成为稻草并不可怕，可怕的是不能与“高贵者”捆绑。所以，女孩常说“干得好，不如嫁得好”，男人常说“有才华不如有学历，有学历不如有背景，有背景不如有靠山”。这种甘于稻草的人生行事心态，必然导致更多的人成为稻草，成为垃圾。如果稻草多了，白菜、螃蟹少了，稻草去捆绑谁？稻草的命运只能是稻草捆绑稻草，那不就是一捆捆的草包聚堆了吗？

做人的“稻草定律”价值观是我们文化中的劣根之一，弱者一旦知道了自己的平庸，就不再追求人格的独立与尊严了，不相信自己能独立成功，而是把自己捆绑在强者的战车之上，靠上一位强权、攀附一位大人物，他荣我贵，他贵我光。一些倒掉的“大闸蟹”，身上就捆绑着粗粗细细、长长短短的稻草。案发时，缠绕在他们身上的这些稻草捆住了他，让他脱身不了，最后，螃蟹和稻草一同落了网。螃蟹死了，稻草干了。一荣俱荣没几天，一损俱损是永远。

那些一时攀附不上“大人物”的，就找圈子，结“乡党”，不怕自己是稻草，就怕稻草不聚堆。聚堆的稻草形成了圈子文化、山头主义，彼此助威、相互给力，这样形成的帮派一旦有了势力就会胆子大起来，“要参政，要擅权，要摄政”。即便不能“登堂入室”左右时局，去闯荡江湖也要找个“老大”当靠山，好狐假虎威。于是“青洪帮”“哥老会”“一贯道”“红枪会”“义和团”四处林立。如今倒是没了这些舞枪弄棍的江湖帮派，可各种“圈子”“山头”“乡党”“宗族”之类私人、私密的会馆、会所不也四处林立吗？只要你山头做得大，从来不愁没有喽啰来。

不要以为人家周文王捆绑了姜子牙，刘备捆绑了诸葛亮，让他们出山跟随圣君明主才有了大显才华的舞台。姜子牙、诸葛亮虽然隐居山野，可他们压根儿就不是稻草呀！你要真是稻草一根谁去理你。人的社会不是卖白菜、螃蟹的农贸市场，真有准备不充分的主儿去路边捡稻草当绑绳的。更何况，当一个人知道了自己就是捆绑螃蟹的稻草命运时，他也不会再有“身价高”的优越感了吧。就算卖螃蟹的人没把你当稻草，可买螃蟹的人还是把你当成了稻草，并且还是“缺大德”的稻草，于是稻草还是没有躲开与垃圾抱团的命运。人的价值是自身的素质决定一切，把命运捆绑在别人的身上就如买彩票，中奖的总是有，但不一定是你！

» 渴望大象怕老鼠

不久前，央视二套有一期《是真的吗》的节目的第一个问题就是："大象到底怕不怕老鼠？"两位嘉宾胸有成竹地说：当然怕了，老鼠就是大象的天敌嘛，这谁都知道呀！在给出正确的结论之前，央视节目组的记者在北京街头随意调查了七八位市民，大家给出的结论也都是"大象怕老鼠"。根据大多来自"走兽棋"的游戏规则，大象可吃狮子老虎狗，但就是怕老鼠，理由是庞大的体积所造成的死角实在让它对上蹿下跳的小老鼠无能为力，而且老鼠会跑到大象鼻子或耳朵里去，把大象弄聋或让大象窒息而死。这叫大有大的好，小有小的妙。

大象怕老鼠到底是自然界生物链的真实，还是"走兽棋"仅仅为了让游戏中的棋子能形成一个闭环的结构呢？央视记者用老鼠和大象做了几次实验，结果发现，大象不仅不怕老鼠，还能用它那巨大的象掌灵巧地踩扁老鼠。而那些认为小老鼠能钻到大象的鼻孔里使大象窒息，或是钻到大象的耳朵眼儿里，把大象弄聋的事情从来没有发生过。在动物园里，人们常常看到大象的房间有许多老鼠，大象根本不理它们。如果真有胆大的老鼠钻到大象的鼻孔里，大象也会一口气把它喷得很远。

明明是一个动物界的常识，却没人解密事情的真相，人们宁愿被大象怕老鼠这个谎言欺骗着，也不愿知道大象是动物世界的巨无霸这个真相。人们的这种心理不仅是在维护“走兽棋”的玩法，更是内心渴望力量是平衡的需要。就像《西游记》中西天取经路上的师徒四人，要论降魔除妖的本事，当属孙悟空最大，可孙悟空恰恰又怕手无缚鸡之力的唐僧，孙悟空可以大闹天宫，却无奈头上的金箍圈。中国古代的皇帝，至尊九鼎，普天之下，莫非王土，可是文化也好，宗教也好，就有人为帝王创造出了上苍、天神来制衡皇权这个“巨无霸”。谁见过皇帝滥杀无辜、荒淫无度时遭天谴的样子？这不就像谁见过老鼠钻进了大象的鼻孔，让大象窒息而死的惨状？但人们却宁愿信其有。这完全是因为恐惧，人们恐惧“巨无霸”，无论是动物界的走兽，还是人类的皇权。所以民间的智者总是告诫人们“山外有山，天外有天，人外有人”。你不是天下第一，谁称霸天下，行为不受制约，胡作非为，对别人都是一种恐怖。这完全是生命、生存对现实的渴望，这种渴望在自然界的食物链中得到验证，就像巨无霸的大象虽然没有天敌，但是它恰恰不是食肉动物，如果大象也是个吃肉的家伙，这个世界就太可怕了。

人类社会组织的建立也吸取自然界生物链这种闭环的结构特点，人民中产生党派，党派组建起政府，政府为民众服务，政府有了行政权力这个公器，可法律又限制着政府这个“巨无霸”

不可任性，政府要在人大制定的法律授权之下行事，形成相互制约的结构，也就保证了谁也别想成为“权力的大象”的可能。

如果权力成为大象，隐藏在后面的魔鬼就会多起来。按理说，民主法治观念日益深入民心，权力制约机制也越发健全，权力的专横和恣意必然受到抑制，谦逊和收敛应该是权力的日常面貌。可当今政坛职场，崇尚“权力大象”已经成为一种醒目的政治时尚。而政治时尚则造就一批权威气质型的官员，动辄斥责甚至辱骂下级成为有些领导的风格。领导决策说一不二，已经成为手握权柄者的集体品格，只要是领导批示，甚至一句随意的口头表态，也必须连夜落实。在一些地方或部门，对领导早已不称同志或职务，也不称老板了，直接称呼老大，这不就是没了老鼠的“走兽棋”吗，没法子玩了。

所以，人们相信大象怕老鼠，不仅是恐怖权力的“巨无霸”，更是一种对权力制约的美好愿望，习近平总书记倡导的依法治国，就是为权力的大象打造制约的金鼠！

» 公众号翅膀煽出的三人成虎

拉丁美洲有亚马逊的蝴蝶效应，赤县神州有三人成虎的典故。如今这古老的典故再加上公众号的助推，那可是“如虎添翼”了，“添翼”添得翅膀也忒多了，“肯德基”被催生出一鸡长六翅，这样的微信一煽呼，可比亚马逊那薄如柔纱的蝴蝶羽翼强悍多了。煽呼得谣言此消彼长，煽呼得谣言无翼也飞。你能一鸡生六翅，我就人造海猪肉，你敢说康师傅用上了地沟油，我就散布娃哈哈里搅进去了肉毒杆菌……无论谁的微信朋友圈中都遭遇过这样的刷屏。

要说有一个城关镇二小门口的孙大妈用点儿地沟油炸麻花或许不是捕风捉影，你要是说康师傅也用上了地沟油，那不是顶尖画家拿着刷梢头子画作品，他干吗要猪八戒啃猪蹄——自毁其身？

如果肯德基真的掌握了让一只鸡长出六个翅膀的技术，他还会舍得给你吃，那就不是普通的鸡了，而是鸡中的战斗机、预警机，早就被中国科学院生物研究所、生命研究院、细胞研究所、人体基因研究所等多家科研单位抢个“五马分尸”了。公众号翅膀煽出的刷屏谣言，其实不是白煽呼的，哪一个微信的转发几乎都不是没有费用的白玩儿，流量可不是你家门前的小河东流，只要你的微信流动起来，不仅公众号有了广告效益，电信行业也跟着受益。微尘一样的垒土，照样可起九层之台，就挣你“半分利”的商家才是高手。微信公众号推广已呈公司化、链条化趋势。绝大多数涉事公众号背后均有母公司的身影，且同一家公司旗下拥有几十甚至上百个公众号来推动谣言的传播。

让微信公众号不造谣、不煽呼这几乎不可能，但让微信公众号的造谣者付出大的代价与成本也不难。谁不怕吃官司，谁有钱了无处花，就让他在微信公众号上造谣生事。只要被造谣者逮住造谣者，不依不饶，不仅让他承担法律责任，还要承担企业与商家的经济损失，让造谣者付出倾家荡产的代价他们才不敢造谣和任性。

面对流言我们都该像娃哈哈、康师傅、肯德基等巨头那样，将涉嫌传谣的微信公众号背后的运营公司告上法庭，让它们赔偿经济损失。此次各大食品企业就起诉超过10家微信公众号运营公司，总体索赔金额超过6100万元。虽然“索赔金额远远不能弥补由此遭受的损失”。但对于谣言背后的运营公司还是一次有力的打击。

反过来说，我们的食品安全也确实存在信任危机，但凡涉及食品安全问题的新闻和话题，都会让人谈虎色变，咋样糟践我们的食品好像都不为过，这也是谣言“加工厂”盯上食品的原因。

看来食品招苍蝇，是自己压根就有臭蛋摆在那里了。但无论咋样，你微信的眼睛都要找准了鸡蛋的缝隙才行，别看见了圆的就下蛆呀。

《国家安全生产监督管理总局政务微博微信发布运行管理办法》在发布内容上都有详细的规定与限制，但是还没见对微信发布虚假信息与谣言的经济处罚标准，我想这也是微信公众号形成公司化、链条化造谣任性的原因之一。看来有时拿钱说话比拿政治帽子压人更能立竿见影，凡是公司行为都是拿资本做动力的，谁能在钱上制约公司行为，谁就能“管理”其公司，包括绝大多数涉事公众号背后的母公司，别让公众号翅膀煽出的谣言真的三人成虎。

» 原来不是什么“好鸟”

按说鸟儿都是好鸟，就是最不招人待见的夜猫子也是益鸟。那么是什么鸟招惹了本老汉生气，骂它不是好鸟了呢？

他就是广西凤山县原县委书记黄德意的形象工程，是画在凤山县山壁上的两只凤凰。按说凤凰本是神鸟，有吉祥之瑞气，无论你画在山壁上，还是画在宣纸上，它永远是好鸟呀，可坏就坏在你用什么“手段”画鸟，画鸟的目的是个啥？艺术的“手法”不“守法”了，画出啥鸟都不是个好鸟了。

黄德意画的这两只鸟足足用了5000万元。先别说这个贫困的凤山县该不该拿出一年财政收入的一半去画两只鸟，就算你有钱，比马云还有钱，你这两只鸟就值得花5000万元吗？凤山县的县委书记也太不把当地的人民当人看了，这与赵高的指鹿为马何异？在山壁上作画是难度大、风险高，所以开支就大，可再大的花费也不能不靠谱呀。当年林县人民修建红旗渠那样的宏伟工程才花了一亿多一点，当然，如今的钱不如那时值钱，但在山壁上做工的难度不能大于修红旗渠吧？不就是从山上吊下几条绳索，安装一些架子，画两只鸟吗，当地有画家说，给我20万元我就能做下来。

如今有些官员打着塑造地方形象、发展旅游事业的旗号在捞钱，有条件的在贪，没条件的创造条件也要贪。这个“鸟贪创意”画出的两只凤凰没有一丁点儿的吉祥之意，当地的官员议论纷纷，百姓骂声一片，可谁也奈何不了书记，要不是广西纪检巡视组到这里“走两步”，这个不是一只好鸟的县委书记就不会落马。

问题就在这里，明知他不是什么好鸟了，他却是全县人民的领导，掌控着全县的人、财、物大权，全县上上下下几十万人，他看谁，谁都是他的部下，他看公款，哪笔都可以任性地花，在此位置，即便不是个贪官，也容易唯我独大，唯我独尊。

作为县域的行政区域，事实上它不是远离了政治中心，所谓的“山高皇帝远”一说不是当下的现代社会，而是当下在体制的设置上有了漏洞。一个县的行政行为与财务支出是不用请示省委、省政府的，也不用什么都通过地方的人大预决算，书记一支笔，或一个常委会就决定了。多年的政治生态，让县委书记的“一班人”都成了书记的属下，连纪委也归其领导，还有哪个部门的权力能与县委书记的权力抗衡，还有哪个媒体的监督能让县委书记对其畏惧？

所以，就是这么个明目张胆的贪官，他却能做得“其喜洋洋者矣”。如果不是巡视组来巡视，明知他就是个夜猫子进宅，你也赶不走他。别说他用5000万元还画了两只鸟，就是一只都不画，把5000万元都贪了，凤山县有谁能够阻拦住？

5000万元画了两只鸟的背后，巡视组还披露了当地好几个贪污的案例，涉及好几名主要官员。可见这些官员已形成了利益共同体，在集体对抗、无视制度。这种无法无天的权力生态，才是最值得反思的。

巡视组把这“一窝烂”的“一锅端”了，可是能不能转变这种权力的生态呢？当地官员的所作所为，人大就没有一点制衡权吗？当地的干部、百姓之前不可能一点不知道，为什么就没有顺畅的举报通道，没有和这些官员博弈、监督的手段？能不能按宪法上的规定，还地方人大、老百姓手上一些监督、制衡官员任性的权力，从根本上避免类似荒唐的现象？

在一年多的时间里，至少有38名县委书记落马。这既表明了中央反腐倡廉的坚定决心，也说明了县委书记实在太容易“出事情”。从这一点来看，这两只高高在上、“风姿绰约”的神鸟，应该是县级官场生态的代表性标本了，尽管黄德意落马了，但我希望这两只神鸟的标本千万不要被毁——以对后来者及其他后任者能有所警示。做个鸟人可以，但要是一只好鸟！

» 谁能带你白玩儿

先说一个我童年的事，小朋友们玩过家家儿，入伙者都要拿一样玩具，或娃娃，或积木，就连家庭困难的孩子也要拿着几个碗碴儿去入伙，空手的孩子没人愿意带你玩。

这有点像当今的旅游，你不花钱谁带你去白玩儿。钱交得多是豪华团，交得少是经济团，不交钱的是购物团。当然，《旅游法》明令禁止“零负团费”，可无论旅行社还是游客都知道，谁去旅游都要购物，于是游客与旅行社一拍即合。钻《旅游法》的空子，不是旅行社一方独自完成的，它需要游客的合作。

如今法规禁止而禁不止的事情何止旅游，为了让这些你情我愿的违规事情进行下去，双方大多有个约定，就像赌徒的基本觉悟是认赌服输，不花钱还要游玩就要购物，法规之外也是有契约的。

云南那个蛮霸的陈姓导游就是带着这样一个“负团费”的团，除了吃饭陈导游还可以签单外，其他费用都是她自己垫付的，金额大概为1万多元。如果游客购物的数量没有达到事前约定的数额，导游就要自己承担。当陈导游眼见自己要吃亏的时候，就有了那段蛮霸的视频。明知“负团费”会有争执，为何要接？这不是导游的问题，导游改变不了旅游市场，旅游市场连旅游局有时也管不住。导游在“购物团”的游客面前也是个弱者，别看她话语蛮霸，也就弄个嘴瘾，人家就是不购物，她也不敢抢钱包。她的蛮霸其实是对游客违背了基本的契约之后的放大，最后倒霉的还是那个导游。

游客也是基于钻空子以达到“曲线旅游”的目的才报名“购物团”的。可这样的“灰色旅游”也是有契约的，就像赌钱、民间借贷都属非法，可认赌服输、欠债还钱的契约毕竟也是规则。

钻空子被有些人理解为智慧，就如田忌赛马，赛马是有规则的，上马对上马、中马对中马、下马对下马，但是田忌却使用了下马对上马、上马对中马、中马对下马。

当田忌的行为被国人理解为聪明之后，谁有了机会也都这样做时，钻空子就成了我们民族的文化与集体人格。把田忌赛马这样的方式放到市场经济中就是不讲规则了。西方的契约精神最早可追溯到古希腊，亚里士多德提出了“不得损人利己是交换正义的基本原则”。再简单一点还可以说成“说话算数”。一旦作出了承诺必须要执行，而且是不打任何折扣地执行。不收费的白玩儿有，但要购物，这是谁都明白的，谁抱着占便宜的心理把该游的景点游完了，可该买的东西却不买，这就有点耍赖了。

功利的社会并不可怕，可怕的是彼此不履行契约，契约可能是普遍适应社会的道德价值，也可能是另外制定的具有实际操作意义的约定。反观我们的社会，不能说我们没有规章制度，只是世俗文化中认可了钻空子，这就更需要我们今后多用契约落实契约。

这世上真的没什么便宜可占。

» 你一窝烂，我一窝端

从这几年查处的腐败案件特点上看，有以山西、四川为代表的官场区域性塌方式的腐败；有以石油系统连带式的窝案腐败；有以令计划、苏荣为代表的从老到小都参与的家族式腐败；有以刘志军为代表的多米诺骨牌式的腐败。这林林总总的腐败都有一个共性，那就是“一腥一锅，一烂一窝”。

不要以为一个地区、一个行业、一条系统的腐败不是“家族式”的腐败，别看这些官员之间没有血缘，其实，他们的“家族性”腐败性质更浓。凡是塌方式的腐败重灾区，那里的“一把手”一般是个家族性质的老太爷，在他的权力范围之内，他就是家长。

窝里的老大也知道，光靠权威是没人与你捆绑的，要给加盟者利益，部下才会蜕变成孙子。这样的腐败一旦被查，也就有了“窝案”的特点。至于某些单纯的家族化贪腐，我看还算是收敛的，起码还没让腐败组织化、团伙化。那些把党的权力演变成“结党营私”，把公共权力改组为“利益团伙”的腐败更具颠覆性。

我们的管理体系总体上是一种自上而下的权力控制网络，大事一条线，小事一个圈。一个地区、一个行业、一个系统的“一把手”不自律就容易形成小山头儿，有学者称为权力的“碎片化”。就如李克强总理近期批评的那样：有的处长都可以“把关”国务院通过了的方案。为了圈子的利益而不放权，有些大大小小的“权力碎片”很心齐，他们不用协商就知道怎样为自己谋利，这就是窝案的体制基础。

由于利益圈子的权力难以依靠正式制度而常规运作，更多地要依靠家族式的关系进行非常规的运作。大家明知恩护人和受护人之间是爷爷与孙子的不对等，可持续的交易必须建立“铁哥们儿”式的同盟。这种黏合剂通常称为“情义”，上级要“护犊子”，下级要“献忠心”。正式制度的上下级关系一旦转化为恩护制的双赢关系，就有了相对于正式制度的独立性。即便前一种关系消失，后一种关系仍然存在。调到其他系统工作的下级仍会在某种程度上维持着对老上级的忠诚，老上级手中如果仍有资源，依然会维护老下级的利益，这就是体制之内的家族性。

有学者给出预防窝案的良方：首先，将那些可以市场化运作的权力碎片进一步市场化，运用统一的市场规则来规范它们的行为，从而减轻政治体系内的监督负担。其次，在权力碎片内部建立起自我监督的体系，这就需要发展局部性的民主，譬如说地方民主、单位民主、企业民主等。再次，强化权力碎片之间的权力监督体系建设，如将审计部门、信访部门放到人大，纪委监督与人大监督实现更密切的合作。

我相信如此之后，一定会有一定成效。

» 婚礼没忘，登记忘了

结婚忘了登记的人有，但忘了举行婚礼的人没有；有钱不买车的人没有，但开车不考驾照的人绝对有；炒菜不放盐的有，但不放菜的不会有；忘记招生的大学没有，但忘了给招进来的学生上必修课的却有。

作为某省重点大学被曝光由于教学安排失误，导致一个班60多名大四学生未修计算机必修课，无法毕业。学校推出了补救措施，让学生用两天时间补完这门一学期的课程，而很多学生在外实习不能回来，还不知道如何补救。校方解释：学校扩招太快了，难免有纰漏。是呀，萝卜卖得快了，不都是不洗泥就卖了嘛！

校方的解释就如我开头说的那样，婚礼没忘，登记忘了。因为婚礼可收彩礼，登记是两人的事儿不用着急。尽管大学的管理纰漏多如牛毛，可漏收学费的事儿学生们就是望穿双眼，我们“难免纰漏”的大学里也没发生过一次。全国每年招收的大学生数以百万计，学校的管理总不能万无一失吧，可就是没发生过一次漏收一个班集体学费的事件，哪怕是一个学生的学费也没漏收过一次。大学在收钱这件事上，真可谓一丝不苟，从来没让主管它的教育部门操过心。

可是在教学上，这家大学就让学生的家长操心了，学生本该毕业了，校方才发现把必修课给漏掉了。这不就像新娘子都已经上轿了，却忘了扎耳朵眼儿，更像那位家住80层楼的兄弟俩，停电了，他们徒步爬上了楼顶，可装钥匙的背包却忘在汽车里。

学校失误了，但不能耽误60多名学生的毕业。这60多名学生是无辜的，学校采取补救措施让学生拿到毕业证也是简单的，但一门必修课的学习内容是不能通过两天的突击与降低考试标准来完成的呀。即便校方向学生赔偿，也都无法补上一门必修课没有扎实掌握的缺憾。

学校可以用各种办法摆平自己的过错与失误，化解自己的麻烦。可是，这个麻烦的破坏性由谁来承担呢？湖北杂文家刘洪波说：“一个规矩被破坏，扩大到多个规矩被破坏。”那就是说，今后哪所大学的哪门必修课漏下了，是不是都可以通过两天的突击辅导和临时加考，让学生们一样拿到毕业文凭呢？大学的教学可以这样任性吗？如果说大学生们学的是哲学、文学也就算了，那不是一个学期见高低的，可学生学的要是脑外科手术、肝胆移植，也是“突击补习”“临时加考”就可毕业，今后的病人可就多了生命的风险。出了事不去认真对待，凡事能糊弄过去，离奇就会无下限。

在网上看到一份数据：近几年，大学里光是发错毕业证的事情就有不少。浙江某大学84名研究生毕业证出错，北京某大学百余名硕士生毕业证出错，华南某大学上百大学生毕业证出错，安徽某职业技术学院600多份大学毕业证出错……每一件都紧急处理了，每一件大概学校都道歉了，学校内部也会对相关人员扣点奖金。事情总是很好对付的，可这样办大学就太不庄重了。

» 腐败是家庭破碎的杀手

老夫此文仅仅是说那些有资格腐败的家庭，而那些没资格与能力腐败的家庭关系也崩盘了的头号杀手则是“婚外情”。

婚外情的产生要依赖于一定的经济条件，那些如小燕子、小蜜蜂一样勤劳，相依为命才能养家糊口的平民百姓家庭产生婚外情的可能性要比“土豪家庭”“贪官家庭”低得多。没心思、没精力、没资本的“三无男女”承担不起“家庭沉船”的成本，他们折腾不起。

可腐败着和正在腐败着的官员就有恃无恐了，他们不怕，他们甚至巴不得家庭解体，然后重新组合，可真正能付诸行动的腐败分子则又如履薄冰，他们惧怕的是祸起萧墙。因为腐败的当初，多数家庭是夫妻联手、里应外合的，如果夫妻反目，那就不单单是家庭破碎了，而是鱼死网破，同归于尽。

所以，即便贪官有了“婚外性”“婚外情”，遭遇了“二奶”“小三”的逼婚，贪官们也是不到万不得已的地步，宁肯与原配同床异梦，也要坚守同盟。一条绳子上的两只蚂蚱谁用力过猛，两个都命在旦夕。

贪官的心里明白，妻子、情人、“二奶”、“三姑娘”、“女朋友”都是自己身边的地雷，在雷区里左右逢源，相安无事要比“为人民服务”的难度系数高数千个百分点。记得一位将军说过：对付一个女人比对付一个集团军都难，可见情感遭遇战争，将军也不能有胜券在握的自信。

所以，贪官敢把老婆变成前妻，前妻就能把领导还原为贪官。相比“情妇起义”，“前妻造反”更具杀伤力，因为前妻更知根知底，直捣老巢，可一击毙命。所以，聪明的官员会引以为鉴，“老婆基本不用”，也都“打死不离婚”。

这样的家庭关系是不能维持长久的，哪个女人在婚姻关系中都不愿意只做“有限股份”公司。面对自己合法的男人，他情感不投入，财产只入了部分股，如此夫妻关系就是遇到鸡毛蒜皮的矛盾也容易导致受气的一方揭竿而起。

别说贪官的家庭关系不好，就是好，好得甜蜜蜜，好得当初能执子之手，与伊投怀，与伊送抱，岁月静好时，也照样有“祸起萧墙”的那一天。这些贪官在老婆、情妇、“女朋友”之间要想左右逢源就是有“中国最强大脑”，采用先辈的MBA情妇管理技术，通过ISO9001资格认证都难以做到“和睦相处”。男女关系从生命基因上就设定了不容“第三者”，贪官总不能用权力来改变人的生命基因吧。

贪官的落马源于祸起萧墙，这在世界其他任何一个地方都是不常见的，这不仅是监管部门的失职，更是我们制度的漏洞。我们所要做的是如何防止官员有情妇，而不是把情妇培养为余则成或“007”，让每一个官员的家庭也和普通的大众家庭一样，不是因为多出一笔笔金钱而惹事，多出一个个女人而生非。制度的力量是让人永远是人，不能让人成为鬼。

党内藏有腐败分子，人民的利益就会受到损害，单位的领导若是贪官，这个单位就会坠人“窝里斗”的旋涡，一个家庭，无论是男方还是女方，只要一方腐败，这个家庭就会支离破碎，永无宁日。社会需要公正公平，家庭也需要阳光普照，不要以为家庭里就可藏污纳垢，再亲密的关系一旦成为狼狈为奸的组合，迟早都有反目成仇的那一天。

» “屁股上的市场”也有文化

去日本的中国游客抢购智能马桶盖近似疯狂，直至把货源抢断流儿了。日本的马桶盖到底是什么一种宝贝疙瘩？要知道，中国人的口彩文化中连“背锅”都是忌讳的，如今怎么会把马桶盖这种为下半身服务的器具从异国他乡背了回来，这不犯了大忌吗？

宁愿犯大忌也要背回马桶盖，必然有它的道理，这个道理一定有点儿硬才行。“中国制造”长久以来被贴上了价廉、质劣的标签，这也是我们“种瓜得瓜、种豆得豆”的收获吧。别以为你当年“山寨”过、劣质过，如今改了，消费者就不计前嫌了。所以，被消费者认可的商品也绝不会像王婆那样一吆喝就给忽悠出去了。

1月27日，有消息证实，“中国游客疯抢日本马桶盖”，外包装上赫然印着“Made in China”，产地竟是杭州下沙。春节前就有导游告诉中国游客：这种智能马桶盖是中国制造的，可游客不理会，照买不误。

中国人对“日本制造”的崇拜，我想应该源于“三八大盖”“王八盒子”和日本家电吧。如果日本的商品也有山寨、也有伪劣就不会出现中国游客在日抢购马桶盖、电吹风、剃须刀等日常生活用品的现象了。据中国导游讲，那画面相当有冲击感，至少在日本人看来是如此。有人调侃，抢购日本马桶盖是“屁股决定脑袋”，其实屁股底下也有文化。

事实上，20年前松下公司就将智能马桶盖引入了中国市场，并在杭州设立了生产基地，再返销日本。据松下销售人员介绍，这种产品在日本非常普遍，但中国消费者接触的少些，一旦知道了，加之价格不高，也就出现了抢购热。由此可见这还不光是个产品质量的问题，中国消费者认可了日本马桶盖，还在于它用水洗的方式来拭秽更加卫生，国人也开始关注屁股底下的文明了。可是当初中国的商家说我们有了水冲式的马桶盖，消费者却认为你是“狗长犄角——整羊（洋）事儿”。

中国制造的能力与水平如今全世界都知道，中国人哪能不知道，可你能制造出来不等于被人们接受。就像手机，即便国产的品牌与苹果、三星不相上下，人们还是愿意多花几倍的钱去“媚外”，没办法，消费者对产品的认知转得没有那么快，谁也不能“牛不喝水强按头”吧。

这个“屁股上的市场”其实也有文化，我们生产了20多年的智能马桶盖了，可是很长一段时间里，“方便”之后水洗在我们这是没有市场的，甚至有不少企业就死于当初生产的智能马桶盖。如今文明的人多了，自然接受的人也就多了。

消费者的跟风是大众文化的趋同，不光是国人如此，外国人也一样。就像老外买我们的手工艺品、土特产品不也是呈现抢购状吗？难道这就不算老外的“崇洋媚外”吗？媚你时，就是你的文化的魅力，“媚外”时就是“崇洋”的俗气，这是歪理了。

一种商品要让消费者完全认识，再到崇拜、迷恋，是个漫长的文化认同过程。只有无数的消费者多次、反复地从境外买回来“中国制造”，感觉“吃亏”了，消费者们才会自觉地接受“中国制造”的“物美价廉”。就比如空调、冰箱、电视机，如今还崇洋媚外的消费者就少多了。

» “缺德”有时利于规则的完善

从道德的角度看，懒惰是缺德的，可恰恰是人的懒惰才加速了人类的机械化、自动化、数字化，人在发明与创造的同时也享受着“袖手旁观”；从道德的角度看，利己是缺德的，可人类要是没了利己的欲望，人也就没了生命的能量；钻社会的空子，找规则的漏洞是缺德的，但正是因为有了这些钻空子、找漏洞的人“捣乱”才能让我们的制度设计者与规则的制定者越发聪明与认真。从这个角度看，“缺德”有时不是坏事，反倒利于规则的完善。

例如，近日遭到网友咒骂的某研究院的季先生与夫人，他们从12月7日开始，每天上班遇到正点、半点，都准时坐在电脑前，为的就是抢两张春节回哈尔滨的车票。十多天来，他们已经囤积了从2月4日至15日共21张回家的车票，但这些票对他们来说还不是最佳的选择。因为离春节最近的车票才是他们心目中真正的“目标”。按照火车售票新规，提前60天抢购到的火车票，可以在15天期限内享受“不收退票费”的待遇。人人都可利用这一条无退票成本的“囤票”规则。与此同时，由于现行实名制火车票“仅针对同一天同一车次，使用同一身份证号订票的旅客有所约束，而对不同天同一车次或同一天不同车次，使用同一身份证号订票的旅客没有限制”，上述夫妻俩每天囤积两张火车票的做法，就是利用了售票规则的漏洞囤票的。

没有成本只有利益的雕虫小技，往往无师自通，囤票者一旦发展成“囤票党”势必加重春运购票难的恐慌。所以，有人骂囤票者缺德也就不足为怪了，可囤票者的缺德恰恰是春运购票规则的漏洞导致的。更何况有些民企放假的日期迟迟不定，只有多多囤票才更保险，连没有什么智商的兔子都实行“三窟”策略，更何况人乎？

要想化解有些人“利用规则”的“囤票”行为，让“缺德”的人不缺德，首先是要进一步改进、完善现行火车票售票规则，堵住漏洞。例如，在坚持“火车票预售期60天”的情况下，一方面，应考虑对春运期间“不同天却是同一车次”的实名制购票做出明确的限制。例如，在5天或10天等期限内同一身份证不得重复购买“不同天同一车次”的火车票；另一方面，为配合预售期的大幅延长，还可以借鉴民航的做法，考虑出售限制退票改签的打折火车票，如提前60天预售的非春运高峰时段火车票打七折、50天八折、40天九折，若退票则取消打折，并收取高比例的退票费。这样一来，既能提高了囤票成本、减少了盲目重复购票，也能吸引部分旅客错峰出行。其实，规则的制定者总能从“缺德”的捣乱者那里增长智慧，下一个规则一定比“这一个”更完善。

有意思的是，春运期间的12306购票系统实行了20天之后，就被“缺德”的“囤票族”给颠覆了，根据铁路部门最新的公告：自12月26日起，售票系统将不接受行程冲突的购票，如果旅客再次购票时被提示与前次购票行程冲突，请将已购车票办理改签或退票后重新购票。这回无论是“缺德”还是“不缺德”的囤票者，都被“完善”的规则修理好了。

靠自觉让一个人不“缺德”难，但制度让人不“缺德”不难，就像马路上的红绿灯设置，如果不配套摄像装置，完全靠驾驶员的道德自觉，不自觉者也不罚款、不扣分，闯红灯者一定比“囤票”者更多，那就不是闯红灯者缺德了，而是设置这些交通规则的人缺德了，因为他在拿人的生命挑战人性的底线。

道德是人类伦理与文化的产物，它是用来限制人性欲望的文明手段，是法律和制度管理社会与人的辅助形式，正是有人“缺德”才恰恰有利于规则的不断完善。

» “名家”离校园远点儿好

近日杭州的一些校园里有点儿烦，有些打着名作家旗号的人在骚扰着祖国的花骨朵。他们联系上了校方，通过老师让孩子们带回家一张预购图书单与一张通知单，大意是：有一位儿童文学名家要来学校讲学、售书，要求家长写好订书的回执单带回学校。

这样的名家要我看就太不自爱了，自己的书要是好，放在书店，学生或学生的家长就会主动去买了，用不着自己打通关节，以“名家进校园”的方式推销自己的书。

老夫我也写书，但我的书凡是自费出版的，我一本不卖，无偿送给文友，凡是走了市场的书，又都不用我操心去卖。一个作家如果要通过关系，一手递书，一手收钱，就不会是个名家。名家签名售书，人家是在书店里进行，读者爱买不买，售书的作家不会借助任何外力给读者一丁点儿的压力。可作家进校园就不同了，老师参与了售书的活动，就有了“合伙”之嫌疑。家长不买吧，卷了老师的面子，日后又怕老师找自己孩子的麻烦，买吧，又不情愿，如今的好书都读不完，谁还有工夫去读自己推销的书，真正的好书是不会通过这种手段营销的。

再说了，作家进校园卖书的行为本身就违反了《义务教育法》第25条，“学校不得违反国家规定收取费用，不得以向学生推销或者变相推销商品、服务等方式谋取利益”的规定。如果说作家不知道不怪，可校方如果也不知道那就怪了。校方在解释时说：学校请来作家不光卖书，也与学生交流，以此提高学生的文学鉴赏力。如果真心是为提升学生的文学审美情趣，就不要在校园里卖他的书，如果作家是真心为了祖国的花朵，就为孩子们赠送你的书吧，千万别把校园当成市场。作家的书能在市场里找到读者，那是作家的能耐，作家靠关系把自己的书弄进校园，那是作家的耻辱。别说儿童文学作家不能靠关系走进校园售书，就是成人文学也不能靠权力走进军营、走进工厂去推销自己的作品（赠送者除外），凡是拉着读者去阅读自己作品的作家绝写不出好作品。

当然，作家进校园售书更大的责任还不是作家而是学校。如今有些学校卖东西卖上了瘾，隔三差五要是不向学生推销一点啥就会难受。推销儿童手机、推销优惠电话充值卡、推销文具、推销模拟试卷、推销高考辅导资料、推销课余时间的辅导老师等等，虽说不是大张旗鼓、明目张胆，可是悄悄的小打小闹就从没消停过。这些推销有着明显的违规行为，都不如“校园里走进了名作家”更光彩。可这“光彩”的背后却都是一样货色，都是为了“卖货”牟利。这应了商场上的那句话——无利不起早。

让作家远离学校，不光是作家的事，更是学校的事情，多不要脸的事情，为了利益都有人豁出老脸去做。当然，校方是掌握着不让作家走进校园卖书的主动权，但学校如果没有强制的制度，为利益驱动的事情，总有人创造机会去做的。我相信杭州的教育行政部门能从此事中吸取教训，严厉处理那些打着美名干龌龊之事的校方主要负责人。否则，今天作家进校园，明天就有书法家、画家进校园，后天就来了音乐家、体育明星去卖自传了，不能让学校的小树也为他人乘凉吧？

» 彩票呀，你飞向了哪里

彩票这玩意儿说到底就是博彩，博彩多少有赌博的意思。好在买彩票这种博彩中奖的概率极低，没人天天参与，不会让人成瘾。所以，彩票的危害并不是害了参赌的人，它“害”的往往是设“赌局”的人。

我们的博彩业都由政府相关的部委办局下属的专门机构操持，由于这些部门能代表政府行事，在群众中还是有一定的公信力的。他说彩票不是赌博，是慈善公益事业，凡是买彩票的人都是为慈善公益事业奉献了一份爱心，当赌的行为被美化之后，赌者自然趋之若鹜了。

博彩厉害的是，洗钱的把赃款变成合法所得，难；管彩票的把赌资变成爱心，易。20年来，不用领导重视，就把博彩业落到了实处。如果不是以“赌”的方式，任何一种“高尚”的名义都不能从亿万群众的口袋里掏出1.7万亿元。

既然募集上来的钱手段不够光彩，如果能光彩地花，花到光彩的地方也算是有“彩”的“彩票”了。可让人们失望的是，昭然天下的旗帜是慈善、公益，最后结果却有失“光彩”之处。

按照彩票的管理规则，通常彩票销售额的15%用作发行费，35%用作公益金，50%留作奖金。可记者调查发现，对彩票的发行费和公益金各地在使用中存在巨大差异。标准、去向均模糊不清，上级主管部门都不知道彩票飞到哪里了。

2004年的审计报告显示，国家体育总局用2.9亿元彩票公益金建了大楼，1.5亿元公益金发放部门工资，用于全民健身的资金仅仅占公益金总额的35%。在安徽，省审计局出具的报告显示，2008年到2010年间，福彩公益金用于帮助弱势群体的比例仅为49%、9%和34%，余下的资金用途可以说五花八门。几乎各省、市、区都有挪用彩票公益金的情况，包括建设福彩中心大楼、军人接待中心、政府办公大楼、买游艇、建豪华培训中心，还有送自己的员工去国外培训的，一训就是8年之久，硕博连读的都“海龟”了，可彩票培训者们尚在继续着。在留存地方的公益金中，一半“趴在账上睡大觉”是普遍现象，因为把钱花在别人身上他们难受。

长期以来人们只看到彩票的光彩一面，没人知道彩票还有藏污纳垢的一面。无论是福彩还是体彩，本该是一个惠及于民的博彩事业，可公信力正在一步步丧失。红十字会被郭美美搞臭，福彩、体彩的形象也被抹黑。本来福彩、体彩就存在返还率低、玩法太少、服务态度差的硬伤，再加上福彩、体彩中心行事风格衙门化，与彩民缺乏有效的沟通，未能将出奖过程、公益金应用透明化，难免引发飞短流长的街头巷语，如今在使用公益金上又如此随意，它的“福利”“公益”还有吗?

博彩是利用人性弱点牟取暴利的手段，将这个思想化为制度，需要进行政策设计。可我们的博彩体制恰恰存在弊端，彩票管理中心既是行业的管理者，又是经营和服务者。利用人性的弱点牟利可以用手段，但管住人性的弱点手段不管用。彩票业必须施行“管办分离”，在制度上没有漏洞可钻才行，否则，无论多少彩票飞来，最后又都不知道飞哪去了。

» 最弱的那一环易断

不知读者诸君有无这样的感受：越是伤口处，越容易被碰到。例如，小拇指拉了口儿，你即便处处小心，可它偏偏挨碰。于是人们就错误地认为，小拇指处于边缘地带，与外界接触得多，当然容易被碰。可是食指拉了口子，食指被碰的概率比小拇指还多，这难道因为食指是“主力”指头，所以更常挨碰吗？

其实不是的，而是我们的感觉产生了错觉。十个指头，多数的接触我们是无意识的，由于没有痛点，也就淡化了感觉，所以也就没有记忆，而有了痛点之处，便有了记忆。拉了口子的指头由于有了痛点，就成了记忆的指头，我们便称为“最弱的那一环”，说通俗了就是你越怕碰它，它越是挨碰。

就说老夫我自己吧！从小就有口吃的毛病，结巴了20年，后经高人指点，竟然也巧舌如簧了。若不是生就了一副贼眉鼠眼相，去当个“脱口秀”主持人也不比李咏差多少。可是我万万没有料到，我这口吃的老毛病一见到领导和漂亮女人就重犯。明明一脑子思想，半肚子点子，想向领导汇报，借机崭露头角，得到赏识，可就是说不出来；想在漂亮女人面前卖弄点儿雕虫小技，显摆一点上知天文下知地理、博古通今、学贯中西的才华，却吞吞吐吐了，像心怀鬼胎，见色起意。这不是嘚瑟不成，自毁形象吗？只好再见着领导和漂亮女人就躲开。这天生最弱的一环，虽几经高手淬火、打造，也没把它坚固住，关键时刻总是断环——掉链子，害得我接近不了领导，得不到提拔，靠不近漂亮女人，半辈子少了浪漫。这种情况或许有人觉得偶然，可是偶然的东西也有必然性。因为我有最弱的一环。

记得前几年，我接到了柳州某大型国企一位作者邮给我的一篇稿子，打开一看，从标题到内容都是我的一篇旧作，唯独署名换了，这是怎么回事？细一琢磨才知道，这篇稿我是用笔名发在《柳州晚报》上的，这位文抄公抄下来后，又邮给了远离柳州的我。因为我编的版面上署的责任编辑是我的真名。按理说这位抄袭者编故事也编不出这种偶然的巧合来，可现实中却让他撞上了。于是我又用笔名给抄袭者回了一封信：“谢谢你也喜欢这篇稿子，你的字写得比我的漂亮多了，恰巧这一短文在本报还未发表过，我又懒得重抄，就用阁下抄好的这篇吧，但署名要换回我自己了。最后奉劝阁下一句：最弱的那一环易断，千万别怨自己倒霉，怎么撞到了枪口上。”哪儿最弱，哪儿先断，这能不是规律吗？无非是早断、晚断，反正迟早都会断。

抄人家的作品10次没被发现，他觉得“成功”了，一次被发现他觉得那是倒霉。就像贪官捞了十万没事，一百万没事，三百万没事，于是继续捞，捞的次数越多，就像手指被拉的口子越多，你再怎么注意保护它也没用，因为痛点太多了，迟早是要碰到痛处的。可是贪官被抓后，第一反应不是总结自己手上的口子多，而是拍脑袋“我怎么这么倒霉，人家都没事，偏偏我栽了”。人不能像赌徒那样总是抱着侥幸心理，总以为下一把我还有机会。就像些聪明的鱼儿，它能吃掉诱饵而不会被钓走，于是它总是图省事，在诱惑的美食上卖弄聪明，以为能吃到这口，就有了经验再吃下一口，可常吃诱饵的鱼，哪有不上钩的？

小人物的最弱那一环，影响的仅仅是自己的事儿，和别人并无多大关联，可是掌握着众多人命运的大人物，他们的最弱一环，就连着你我他，连着千千万万人的生存和发展了。你让大人物自己焊牢自己那最弱的一环就难了，可是用外力、用制度、用法律把大人物最弱的那一环稳定住，这可有成功的范例。人的最弱那一环自己也能发现，可加固起来就不能指望他自己，要为人性设置“组织纪律”，也就是允许别人加固他自身最弱的那一环，而且还能让他无法拒绝。

» 没驴皮的阿胶就是扯淡

凡是有点儿常识的人都知道，阿胶的主要成分是驴皮，其作用为滋阴、补血。换成马皮作用恰恰相反，换成牛皮利尿，换成猪皮就是长膘，换成虎皮就是唬人，谁敢与虎谋皮?

可如今的阿胶中就没了驴皮，央视二套12月7日报道：如今市面上的各种阿胶产品，除了几大名牌外，其余的就没检测出驴皮的成分来。没有驴皮的阿胶不是扯淡嘛。可如今扯淡的事情就能扯得名正言顺，扯得冠冕堂皇，扯得盆满钵盈。

你有驴皮成分的阿胶是药品，我没驴皮成分的阿胶叫补品，药品是给病人治病的，补品是给富人强身的。至于这强身不强身到底与补没补有没有关系就是一道模糊数学题了。没放驴皮的阿胶玩的就是补品这个九连环，明白了就能解，不明白的就在套子里。

既然厂家要生产阿胶，为啥就不实实在在地做阿胶呢，还是驴皮难扯平。别看国人有驴脾气的不少，可驴并不多，别说黔无驴，连湘、赣、桂、粤、闽也少驴。有驴也是不拔橛子就被牵走的驴——成了别人的。中国的驴主要集中在西北，这些年随着驴的工具用途丧失，一家一户的养驴习惯几乎没了，纯粹为了驴产业养驴的人并不普及。驴皮由10年前的20元一张，涨到如今的1500元一张，业内人士分析，明年估计要涨到2000元一张。

那些唯利是图的厂家看到了巨大利益空间，于是就昧着良心拿其他动物的下脚料皮子冒充驴皮做阿胶。对商家的缺德行为我向来不以为然，我也从不相信商家凭着良心就能诚信地做买卖。管理商家的行为、管理市场的秩序是政府的事情，哪里的商品出现假冒伪劣就是哪里的管理者缺位、失职。可央视的新闻不知为什么不去批评我们的管理者失职，却告诫广大消费者要提高鉴别真假阿胶的能力，这不是难为老百姓吗？连央视记者对着五花八门的阿胶都不识真假，还要请专门的鉴定机构去检测，我一个老百姓的本事再大也在央视记者之下呀，你不行，我能行吗？就算我学会了识别阿胶，那其他食品、药品呢？一个人一生吃的、用的东西不计其数，每样都要识别真假，做得到吗？别说人做不到，连火眼金睛的孙悟空也有看走眼的时候吧。

法治社会的商贸体系规则是严密的，管理者就是管理市场的秩序，打击经商中的坑蒙拐骗，保障买卖的公平与商业的诚信。作为公民没有足够能力时时刻刻提高警惕防范着商品的假冒伪劣，凭什么商品一出问题，管理者、执法者总是不向民众道歉，反倒告诫消费者要提高防范能力自我保护？

没有驴皮的阿胶只是坑了消费者，缺乏监管的阿胶市场却坑害了全社会。看看那些没有驴皮成分的阿胶，绝大多数都有着各级食品卫生部门核准的批号，即便不是药品也是食品，况且批准时检测有了驴皮的成分，就等于永远有驴皮了吗？如果监管可以这么马虎了事，那任何一个厂家都可以糊弄傻子玩了。

如今的厂家都太狡猾了，他们知道怎样让监管部门装糊涂。出了事情监管部门就说送审的产品检测合格，近期上市的才有问题，于是对厂家来个处罚，为消费者出出气，可不伤筋骨的罚款对于企业来说不过多加几天班就补回来的事情，过后照干不误。

要我看，今后能不能实行双重处罚，凡再有假冒伪劣产品，不仅要罚厂家，也要处罚监管者，属地的监管者与生产者要受同等标准的处罚，不仅要罚管理者的钱，还要让管理者下岗。否则，谁知道产品出问题是生产者黑心牟利，还是生产者与监管者“狼狈为奸”的结果？

» 不要让附加费无以复加

附加，就是依附在主体之上的附带，是主体的额外赘肉。比如一个手掌之上的第六个指头就算是附加，如有些人耳朵上多长出的小肉球这也是附加。这些人体上的附加物虽说也吸收人体的营养，但由于微小，所以除了影响美观之外也无伤大雅。

但有些人体与动物身上的附加物就是主体的害虫了，如虱子、跳蚤，这些动物身上的附加物虽然不能要了动物的小命，但会让你活得不爽，消耗你的气血。

把附加物培植改良之后，形成的“基本价格+附加公共收费”这一“收费模式”，就是附加费。从名词的解释中，就看出了它的不合理性，它是在基本价格之上又另外增加的费用，是附加到项目、事业上来额外收费。这完全是行政指令的“计划”，而不是依法的征收，是计划经济时代的产物。

我们最早知道的附加费就是养路费（后来变成燃油税）、电话初装费、三峡水电建设附加费、教育附加费、环保附加费、残疾人就业保障金、污水处理费、垃圾处理费……五花八门，数不胜数，凡是行政部门想收却“于法无据”的各种费用，就把这个“六指儿”捆绑在主体上操弄。我们的生活不是离不开电嘛，那么，每一度电费中至少就有两三分、多则四五分的各种附加费。有些不叫费，改名叫基金，名字倒是好听了不少，其实都是吸血的“寄生虫”。电被附加了，水也不轻松、油也不潇洒，谁都没落下，个个被附加。

在我国超过4亿户家庭的缴费单上，每一立方米水费里有至少1块钱的污水处理费，每一度电有三分钱的附加。甚至每一张电影票中还有占票价5%的“电影事业发展专项资金”；乘坐国际和地区航班出境，每次每位旅客还要随票价缴纳20元的“旅游发展基金”……

依法而言，很多附加费的收费主体根本没有收费的权力，他们本身就是企业，是经营性质的公司，却能堂而皇之地代替政府向公民收费，并且一收就是几十年。国家也清楚地看到，“一些收费项目立起来，一批干部倒下去”。国务院常务会议近日明确：加快推进价格改革，更大程度让市场定价，同时实施普遍性降费。

由于收取附加费的渠道多头、手法多样、名目繁多，导致了管理不到位，巨款去向不明。更可怕的是这些附加费甚至起到了比“资产阶级糖衣炮弹”还坏的作用，让我们不少干部倒在附加费上，并且是一窝一窝地烂掉了。

多位权威专家认为，只有从根本上改革价格体系、补贴机制，才能真正为“附加费”争议释疑。“行政收费法的立法工作也需要再提上议程。”否则，附加费就加到了无以复加的地步。

收取附加费容易，管理附加费不易，把附加费用在国计民生上更难。只有依法收取的税费，才能依法管理。收取的时候名不正言不顺的各类附加费笼罩在“非法之嫌”的阴影之下，用起来一定有猫腻。

» 文化部部长“不读书”并不可怕

日前，法国文化部部长佩瑞琳承认，她从没读过获得诺贝尔文学奖的法国作家莫迪亚诺的作品，事实上，在过去两年内，她从未读过一本书。

佩瑞琳的实话实说招致了法国民众的普遍批评，有人直言，佩瑞琳这种缺乏知识的表现“很丢脸”。阅读文学作品本该是一个文化部部长的分内事，她怎么能连一部莫迪亚诺的小说都没读过，有人甚至要求这位文化部部长辞职。

要我看佩瑞琳的不读书并不可怕，可怕的是她明明不读书，还说：我爱读，总是忙里偷闲地读书。虽说当下的人们不读书不算没文化了，可你说你爱读书更能为自己的形象加分。

别说法国文化部部长，各国文化部部长不读自己国家作家的小说都太正常了，文化部部长不是作协主席，文化部部长分管的工作也不是作家的评论，部长不读作家的小说就像我们的作协主席不看“梅花奖”获奖的戏曲一样正常。在我看来，一个已过35岁的人还在读小说，一定是“有闲”一族。别说法国的文化部部长不读小说，我们的文化厅厅长、文化局局长读小说的也不多吧？

更何况如今的阅读方式已经不是一元化的纸媒图书了。佩瑞琳分管的工作需要她阅读与了解文化的事业时，她不会不懂装懂地去胡说八道的。佩瑞琳解释说，“我读了很多记录、立法文件、新闻和法新社报道，但是文学阅读非常少。”可见事关法国文化事业的阅读佩瑞琳是不敢不去阅读的，法新社是世界四大通讯社，它提供的资讯包罗万象，甚至全世界最前沿的科技、文化、文学没有法新社不报道的。就像我们的新华社提供的不光是资讯还有作品，足够我们的部长们阅读了。

佩瑞琳敢公开说“我两年内没读书”，她就知道法国的官场与社会对她是理解的。如果她知道，不读书就是没文化，就不能做文化部部长，她即便不撒谎说自己爱读书，起码她也会沉默，玩个玄虚谁不会？

其实，阅读并不是开卷有益，要看读什么书，有些书读一千本不如读一本。2014年中国图书总印数估计会达到84亿册，78万多种，哪些需要我们看，哪些不需要我们看，选择比多读更重要。不读小说的文化部部长，就如不读中国文学史的诗人并不影响他写诗歌呀。

读书的要义不是天天读，而是读到经典，读到有思想、有智慧的书。比如要想懂得中国的文化，你没读过《道德经》《论语》《庄子》《离骚》《史记》，没读过唐宋诗词，就等于不知道中国文化。读懂这些中国的文化经典，就是不读余秋雨也知道了“中国文脉”，不读易中天也能“品三国”。莫迪亚诺是获得诺贝尔奖的法国小说家，可他不是法国的卢梭、巴尔扎克，不是雨果。就像在中国没读过莫言不算没文化，可你连一句唐诗宋词都不会背诵，那一定是文盲。

读书不是追着流行色，一年一个基调，文化的色彩是永恒的，就像中国的书法，永远都是黑色在白色的舞台上挥洒，最没色彩的线条成了色彩最丰富的艺术，哪朝哪代的书法家也不会隔三差五换一种有色彩的液体去笔走龙蛇的。

读书就如用墨，你要选准好书，两年读透一本不算少。依我看，一生有50本经典好书足以支撑起我们的人文素养与文化格调了，不用跟在新书排行榜的后边赶时尚地阅读。

我从50岁之后就倒过来阅读，把早年读过的好书，倒嚼着再重新阅读，收获更大!

» 高贵不花钱

这几年由广东兴起的“女德班”在全国各地都有了蔓延之势，类似于“女德班”的各类会所、会馆、短训班如雨后春笋，报名者趋之若鹜。中国女性在追求道德完美、人格高尚上不惜重金去修持自己的精神让老夫自叹弗如，我一生都没为自己的道德提升花过一次钱，想想也够抠门的。

暂且不说这“女德班”开设的那些“女德”“妇道”“原则”有多糟粕，就是学到了，哪个女性又能做得到？“打不还手，骂不还口，逆来顺受，绝不离婚”这“四项基本原则”两分钟就会背诵下来了，谁能“落到实处”呢？

明明是一件扯淡的事情，就能在几年的时间里热热闹闹地成了女性追求的时尚。好在广东东莞市委宣传部9月25日通报：因东莞的几所“女德”学校在教学内容上违背社会道德风尚以及超范围经营、无证办学等问题，已被依法责令停办。东莞市委宣传部的通报称：经查，这些机构在工商登记的经营范围为展览、庆典活动、文化演出等，可目前这些“女德”学校的主要业务却办成了“高端、高尚”的女性会所、会馆、培训班，设有幸福人生、女学女德、幼儿教育等课程。其中，“女德班”更是存在违背社会道德风尚及打着公益慈善旗号进行牟利的嫌疑。别说办班的人牟利缺德，就是去学习的女性，又有几个是为了提升自己的道德与情操才去“女德班”学习的？都是抱着去镀金的心理，以为拿到了一个“女德班”毕业证，就证明自己懂得了孝敬父母，明白了相夫教子，学会了自我修持，就算没有功利的目的，也可得一个虚名。如今虚名有时比红包更实在，如文凭比素质重要，级别比能力重要，形象比内涵重要等。

最美，也最简单的“女德”，我觉得就是别太物欲化，找对象别把房子、车子排在首位，未来丈夫的人品、人格才是女人的稀世珍宝，这些基本的美德谁不知道，还用去“女德班”学习吗？彩礼不能少给，婚礼不能简单，房子不能去租，车子不能太差，这是当下女人的基本追求，哪个能放弃？没条件，只能无奈了。

要说发财难，当官难，有人信，一个人要想有道德，女人有“女德”那不该是一件难事，更不用花钱去学习呀。要说难，就难在自己真心想高尚，因为高尚者只接受高尚。

英国天文学家布拉德雷1742年接替哈雷成为第三任格林尼治天文台台长。他一生默默地坚守在伦敦郊区格林尼治小镇上，发现了光行差，为地球运动提供了有力的证据。有一年，女王去视察，知道他的薪金很少，地位也很低，就表示要提高他的薪金与地位，可布拉德雷却恳求女王：“您千万不能这样做，这个职业一旦地位显赫，收入丰厚，将来在这个岗位上的人就不是天文学家了。”高尚多简单，一次拒绝就一生高尚；高尚多么不易，谁能做到这样的高尚？

女性要想真正高贵，有女德，只要拒绝诱惑，坚守自尊、自爱、自立就成了。花钱去“女德班”学习德行与高贵，无非是为自己多购置一套名誉的外罩，是显摆自己德行高贵的一种方式罢了。老子在《道德经》38章中说“品德高尚的人，不在乎形式上的‘德’，因此有德；死守着形式上的‘德’，因此就没了‘德’”。

连以教育人、鼓舞人为主业的宣传部门都不相信这样的“女德”教育，教育者的目的一旦卑鄙了，就算外表光鲜也是肮脏的。

» 你换护“芯”服，凭啥我花钱

由于磁道信息有易被复制的先天弱点，伪卡盗刷成了银行卡犯罪的重灾区。全国公安机关每年破获的银行卡犯罪案件数以万计，银行卡犯罪每年造成的经济损失数以亿元计。这不仅是储户的损失，更是银行的损失。

按照央行近期的通知要求：从下月开始，同时有芯片和磁条的银行卡将不再提供磁条刷卡服务，统一改成芯片刷卡，而从明年起，各家银行将陆续停发磁条卡。目前只有工行、民生两家银行表示可免费更换IC卡，其他多数银行的换卡费用普遍在10元至20元，也有银行称，换卡业务最高收费40元。

储户把自己的血汗钱放到银行，到底谁更受益，这不应该是问题吧。如果没有储户的小钱积累，哪有你银行的大钱放贷。银行的低收储高放贷，是拿着储户的钱做生意，储户就是银行的衣食父母。银行保护储户的存款安全就是保护自己的衣食父母的安全，储户的银行卡就是银行自己的“安全卡”，可让人不可思议的是银行要换护“芯”服，凭啥要我来花钱？

银行的磁条卡不安全是银行的责任，银行不能为自己的客户提供储蓄的安全保障，这本身就有了过失，安全才是金融支付交易的生命线。如今你换“芯”是为了堵住漏洞，凭什么把你的安全成本加到我头上？

银行应该想到的是由于银行卡的更新换代，已经给储户造成不小的损失，如今交水电费、私人之间的账务往来、商贸活动，大多是通过银行卡来完成的。有些人持有十几张银行卡，每张卡都要花钱“换芯”这也不是一笔小数目。更何况，挨家地到各个银行去排队办理“换芯”业务这已经够麻烦了，换了芯片卡的账号也不会是原来的账号了吧，这一系列的麻烦不都是你银行给制造的吗，你制造麻烦，我还得为你埋单，这是不是“霸王条款”了？

客观地说，这些年银行挣钱很多，在世界500强中，我们的几大商业银行都在其列。最赚钱的行业，口碑却并不好。最让舆论诟病的是，有些银行服务质量并不优秀，各大银行网点也并不是以人为本。服务窗口很多，只有VIP客户才能感受到热情与快捷，而普通客户办一个简单的存取款业务，也要排好长的队，只能感受到笑脸，就是见不到快捷。自动取款机存取款除了面临着资金被盗的风险之外，还经常没钱，能存能取的那台机器也是排着长队。近年来各大银行取消的各类收费，拉拉杂杂就有数千项，眼下究竟还有多少收费服务，持卡者也是稀里糊涂。

而如今的“换芯”收费，更是让持卡者相当不爽。这笔收费，有些银行免了，是心中有客户，可有些银行收10到20元，甚至40元，这给人感觉是收不收都可以，既然有不收费就给换芯的银行，那就说明这笔费用对家大业大的银行来说只是一碟小菜儿，收费高的银行就有了借机敛财之嫌。

现在，金融改革的一项重要内容，就是要约束银行无节制的自利行为，银行是市场上巨无霸级别的大户，千万不可干“店大欺客”的蠢事。

» 国企是一碗餐桌上的“大酱”

二十世纪五六十年代农民的饭桌上经常是只有一碗大酱用来下饭，一人一碗饭，手中掐着半截大葱，吃口饭，拿着大葱朝着大酱碗蘸一下，一会儿工夫，大酱碗就底朝上了，人们只好光吃饭。有聪明的主妇为了让一大家子人吃到最后还有大酱可下饭，就把大酱分成若干个小蝶，让三两人有一个小酱碟，大家碍于面子，蘸酱的时候自然斯文了不少，大酱就省下了许多。

这其中的道理并不复杂，主妇所采用的原理就是，让大酱的“所有权”明确在三两个人的身上，谁多吃多占一目了然。那个年代餐具少，如果一人一小碟大酱，也来个“分餐制”，谁也不会一口就吃下去属于自己的那一份，但一家子七八口人对准了一碗大酱，那就是手疾眼快者多吃多占了。

国企就是饭桌上那一碗没有主人的大酱，谁都可以去蘸，只要你手里握有一节大葱的权力。在国企里只要你混个一官半职，有了采购与销售的权力，就等于手中有了一截蘸大酱的葱，普通的工人就只有手指头没有大葱了。

大型国企别看它有着与国际接轨的完善的公司治理结构、严格的规章制度，可它无法改变的致命软肋就是它的财产“无主”性。国企的财富姓公，姓公的财富不是你的，也不是他的，也是你的，也是他的，名义上是全民的，实际上又与全民无关。

国有企业实际上就成了谁有权力管国企，国企就是谁的，可他又不能把国企这个大酱碗一人独占，所以就形成手中有大葱的人都可去蘸大酱的局面了。

这就与民营企业有了本质上的不同，民企的财产都是“有主儿”的，即便是“资产阶级”的，他也是股东，当不上股东的就当股民，谁愿意投资谁就有一份儿，份额最大的就是董事长，董事长的利益最大，他不会让企业里任何一个人随意贪他的钱，他也不愿意白白地养一个闲人，他更不会为了政绩去干“产能过剩”的蠢事。于是，公司的人员和利益都集中在老板的周围，高层大多也是股东，腐败的问题几乎不可能出现，哪个股东都不会见着自己的利益受损装糊涂。

国企财产的“无主性”决定了董事长也代表不了一个企业，而作为其监督的董事会成员，无不充斥着权力博弈的色彩。每一个董事会成员都有着自己特殊的利益背景。他们手中也握有一截大葱，可以随时去蘸国有企业的这碗大酱。作为国企高层监督机制的董事会，在这种模式下就演变成了代表不同利益主体的一盘散沙。你要你的、我要我的，互不干涉。这必然导致董事会模式不仅无法成为监督机制，反而成了窝案的温床。

眼下的当务之急就是为大国企算清家底，让国企的财富都有明确的主人，彻底改制，让国家的股份不能超过百分之四十九，把大酱碗小碟化。党的十八届三中全会《决定》指出，要“积极发展混合所有制经济。国有资本、集体资本、非公有资本等交叉持股、相互融合的混合所有制经济，是基本经济制度的重要实现形式”，允许更多国有经济和其他所有制经济发展成为混合所有制经济，打破各种形式的行政垄断，激发非公有制经济的活力和创造力。而当下已具备这样的条件。

» 上帝的归上帝，恺撒的归恺撒

耶稣是智慧的，他在法律与习俗之间给出了一句至理名言——“上帝的归上帝，恺撒的归恺撒”。这让犹太民族在处理法律与习俗的纠缠时不仅有了明晰的界限，还有了“敢为”的胆量。

可我们有时在一些细小的问题上就分不开是上帝的还是恺撒的，坚持原则就不近人情，讲人情就突破了规则。就说这逢年过节吧，本是个温情、喜庆的日子，有条件的企事业单位为员工搞点儿福利本属正常。如今只要不失业，谁家也不缺那点儿“油米酱醋茶”。可单位发的那两盒月饼、一桶油的味道就不一样，它不仅是节日的氛围，也是单位的温暖，是单位的兴旺，是单位的人气，这些都是一个集体的正能量。

这一年多来，很多企事业机关单位基本都取消了职工的节日福利，包括与职业有关的节日，如教师节、记者节、护士节。领导怕搞福利与公款消费成了一个锅里搅马勺的事儿，让有些爱告状的员工抓住把柄，招致处分，丢了乌纱帽。这样的事例不是没有，井绳与蛇搅在一起，井绳自然可怕，于是就来个一刀切，不管你是风俗的年节，还是职业符号的纪念日，领导只送“两袖清风，一句祝福”了。

逢年过节“一刀切”不用公款消费的做法让领导省心、安全了，不用担心是坚持原则，还是尊重习俗。以前给员工搞福利，也要考虑到主管单位的领导，可送多少、送到哪一级，都让基层领导犯愁。如今连本单位员工的福利都取消了，“礼物”都没了，还挑谁的“理”？可如今员工的抱怨也形成了新的舆情，博客、微博、微信都在热议，这职工福利从此就该取消吗？舆论普遍认为，中央“八项规定”反的是官场腐败，反的是少数人用公款吃吃喝喝、享受奢靡，并不是要封杀基层员工的正常福利。在反腐过程中不应取缔服务于基层员工的正常福利。就像逢年过节各级领导拎着米面油，拿着红包访贫问苦，这不也是公款吗？公款不是不能消费，就看你为谁花、花多少。给员工发一套房子是违规，给住棚户区漏雨房子的员工换一次瓦片也算违规吗？单位给员工发一万元钱的购物卡是违规，工会给员工发一桶油、一袋米也算违规吗？这个度其实并不难把握，就看领导的心里是不是真的有员工。压根儿就不拿员工的福利当回事，这次借着执行“规定”为由，从此取消职工的正常福利，我看这绝不是中央“八项规定”要达到的目的。

我也认真、反复地阅读了中央的“八项规定”，凡是不许做的事情确实都是对领导干部说的，关于“勤俭节约”的第八条原文是这样的，“要厉行勤俭节约，严格遵守廉洁从政有关规定，严格执行住房、车辆配备等有关工作和生活待遇的规定”。这与给基层员工逢年过节搞点儿福利没有一丁点儿关系，就是个别省、市、区简单地曲解了中央“八项规定”，没有把“上帝的归上帝，恺撒的归恺撒”。

国家的公务员花的是人民的纳税钱，可以放弃年节的福利，但事业单位、国有企业毕竟还有员工自己创造的利润，只要不是铺张，本着勤俭节约的原则，应该为普通员工搞一些福利。

» 权力催生的“爱迪生”

世界知识产权组织发布的最新一期全球专利报告显示，中国发明专利申请从2013年起，数量超过美国位居世界第一。看来无论多么竞争惨烈的“发明领域”，一旦有了权力的“掺和”也能加速催生出大大小小的“爱迪生”。

刚落马的天津市公安局原局长武长顺在位期间就有“中国爱迪生”之称，他共有35项发明专利，真是个发明“天才”。一个近千万人口大都市的公安局局长，每天工作可谓日理万机，可人家竟然还能搞发明创造，这比爱迪生厉害多了，爱迪生是专业，人家可是业余时间玩玩呀。爱迪生要是与武长顺同在一个时代不知他自卑不？

与武长顺比起来，还有位局长的“天才”不可被淡忘，他就是重庆市公安局原局长王立军，两个直辖市的公安局局长一南一北，遥相呼应，较着劲地搞发明、玩专利，看来这官位也是增长智慧的好尿素呀！

王立军在重庆任职期间共获专利254个，其中有211个是2011

年一年之内发明的。“天才”的王立军平均1.7天就有一个发明并获得专利。对此，曾在总后科研机构工作的秦全耀戏言：“明天咱就给（总后科研机构）主抓的副所长张福瑞打个招呼，你们干了几十年还不如人家外行王局长趁专利。”

其实，不用老夫今天写文章说这些荒唐事，当年谁都知道那些发明专利全是皇帝的新衣，是扯淡发明、狗屎专利。如果说有的发明还有些价值，那不过是别人的发明注册不上专利，找不到专利的买家，知道局长爱发明就去找背景，于是一拍即合，各取所需罢了。

公安局局长成了“发明家”，这其中缘由谁都知道，那是名利双收的事情。令人悲哀的是，为什么像王立军“发明”的女警官雨衣再点了几点红色也能算发明？如武长顺“发明”的交通信号系统，不脑残的警察都会懂得，为什么经过他的脑袋过滤一下就成了发明？以局长的名义去申请专利就获得批准，批准之后就有厂家争着去买，凡是买了局长专利权的公司生产出的产品就不亏损，这种好事又轮不到别的公司买，要有公安背景才能享受这样的“待遇”。有着这样双赢的机遇，局长要是不能发明，不去申请专利那才是“傻蛋”了。

可无名之辈申请个发明专利就要经历九九八十一难了，有些人就是因为搞发明申请专利弄成了一贫如洗的。当着高官还要做发明家，在如今的体制下就该是鱼和熊掌不可兼得，因为官员“发明家”的发明都能在其权力范围内转变为产品，官员与发明家集于一身，官员主管的领域就是他专利产品的垄断市场了。

最为常见的官员“发明”何止是申请专利，那些利用招商引资、园区建设、城市改造玩暗箱操作，不也同样是只利己的“专利”吗？

权力和专利媾和，催生的不会是真正的爱迪生，只能是捞钱的耙子。无论多么神圣的领域，多么庄严的工作，一旦有不受制约的权力附体就会有鬼，这才是官员爱发明的猫腻所在。

贪官成为“爱迪生”，这也算中国乃至世界科技史上的黑色幽默了。知识产权的审批部门看来是做不到在知识面前人人平等的。当然，这也不能全怨他们，不受制约的权力是能催生冒牌爱迪生的。

» 包子铺里没包子

干啥吆喝啥，吆喝啥就得有啥，不能打着包子铺的幌子，把包子铺的门脸也涂抹得金碧辉煌，可出售的却是馒头、煎饼、饺子、馅饼，甚至有汤有水的馄饨、面条都不缺，单单没有包子，这样包子铺还算包子铺吗？

现实中绝没有这样开店的老板，如果有，他那个“幌子”恐怕早就被人踢下来了。可文坛有，文坛就有这样的包子铺，俗话说：客大欺店，店大欺客。文坛的这家包子铺就是一家“大店”，大到了有“中国综合性文学最高奖”之称，它就是以鲁迅名字命名，每四年评选一次的“鲁迅文学奖”。

“鲁迅文学奖”共设中篇小说、短篇小说、报告文学、诗歌、散文杂文、文学理论文学评论、文学翻译7大奖项。在当代文学的几大体裁中，唯独杂文不单列，并到散文之中，这种合并同类项的做法就像把林黛玉与刘姥姥算作一家人，反正她们都是女人，不用再细分了。不知这是算幽默还是算荒唐？

古代有把无韵之文统称为杂文一说，当下的组委会就逮住了这一条比木乃伊还古老的说法，好像就找到了散文、杂文是一家的理论根据。可每一个稍有文学常识的人都知道，当代杂文从1919年之后就是一个完全有独特文体与语言风格的现代文学体裁了。不信你让一个中学生写一篇散文、写一篇杂文，他一下笔的第一句话就会呈现出完全不同的语言风格与语气，就更别说杂文与散文之间内质的根本区别了。

这就像非要把鲁迅的杂文与他弟弟周作人的闲适小品放到一起评奖，评委倒是给钱就敢评，可谁能评出彼此的高下与优劣呢？刚刚结束的第六届“鲁奖”评委会就把某人那种虚构出来的散文放到陈四益那种贴近现实、关注民生的杂文一起评奖，而且某人满票，陈四益是0票，这是他们作品之间的艺术差距吗？没人相信，不信咱们闭着眼睛随意抽出几篇某人与陈四益的作品放到网上，让大众点击一下，看看谁的作品更有读者，能完全一边倒吗？

说到底，就是这家大包子铺不想卖包子，因为杂文这个包子惹过祸，杂文这个包子褶子虽说不难看，可是馅儿有些苦。如今某些权威的口味都顺着生理的基因来，喜欢甜食，拒绝辛辣与苦涩，可杂文这种文体天生就不是报喜鸟，长着一张乌鸦嘴，谁要贴上杂文，万一招惹来麻烦那就多一事不如少一事了。于是这家“大包子铺”就尽量淡化杂文这个品种。已评出的六届“鲁迅文学奖”，就是不让杂文作品独立参评，合并后已有两届让杂文空缺，刚刚揭晓的第六届又没有杂文集获奖。

其实，老夫不是主张杂文家们非要争“鲁奖”这个名分，就像“茅盾文学奖”，人家评委会开宗明义就说了，“这是长篇小说奖”，就没有诗人再去凑热闹，连写中篇小说的人也没人指责“茅奖”为什么不评中篇？就像冰心散文奖，就没有写杂文的人也非要去参评。“鲁迅文学奖”不把杂文放在首位也就算了，鲁迅是中国现代文学的奠基人，借用鲁迅的名声干文学事业也算是对鲁迅的尊重了，可最大的尊重是对一个人精神与灵魂的折服，而不是把他供在神龛之上，给个香火缭绕糊弄人，我这边已经另立门户了。

鲁迅是一个有独立思想的知识分子，他的精神是民族的魂魄，他的作品是对当时文化已经不化了的现状的搅动，他的杂文是对我们国民性暗角里藏垢纳污的洗涤。而如今的文学界怕杂文、不评判，没有傲骨做灵魂的当代文学与鲁迅精神已相去甚远了。

当杂文什么时候也引吭高歌“新基调”，变成了一道有馅的甜点时，我估计就能“另挑门户”独自参评“鲁奖”了。鲁迅那时就真的成了没魂儿的僵尸。

» 肖像权，我有你没有

如今，人们都知道用法律来为自己维权，这是好事。“法律面前，人人平等”和“官大一级压死人”相比，前者是社会在本质上的进步。就连市长也知道用公民的“肖像权”来拒绝记者的拍照，这比“没有领导的同意不许拍”可斯文多了。

7月18日，新华社记者与鹤岗市政府相关领导及工作人员前往一家被举报的煤矿核查矿难，途遇路障。记者拍照留证时，鹤岗市一名副市长强令记者删除自己的照片，并在争执中冒出了“我有自己的肖像权，你有什么资格随便拍我？”

这位副市长之所以不愿意让记者拍照是因为矿难不光彩，该副市长对煤矿的基本情况不知情，对矿井口被填埋一事也未予过问。这个时候出镜就不是正面形象了，于是这名副市长想到用肖像权来为自己遮丑。

俗话说，弄巧成拙，看来这位副市长不仅对矿难有所不知，对“肖像权”也是无知。我国《民法通则》第一百条规定：“公民享有肖像权，未经本人同意，不得以营利为目的使用公民的肖像。”副市长作为一个公民，拥有肖像权不假，但记者拍他，并非谋求营利呀，是正常的采访，这个“拍照”也不是那个“拍照”，这个拍照不营利呀，何以拍不得？

别说市长的肖像权，就是市长的隐私权在记者面前都不受法律保护。例如，一位普通的公民带着情人去开房，记者若拍照就是侵犯了人家的隐私权，但市长带着情人去幽会，谁都有权去举报，举报有效无效暂且不说，起码法理上有权。要说普通公民优于市长的好处在理论上还能以此为例，可惜的是现实中却无法实现对号入座。

作为市长，他不仅是公民，更是社会的公众人物。公众人物在履行公务行为时的肖像权应该服从记者的知情权、采访权。作为分管煤矿安全的副市长，出了矿难，隐瞒了矿难，别人都下车你还坐在车里吹空调，你的肖像权此刻不过是想遮丑。这时别说你的肖像权，就是你的隐私权在记者的镜头面前也不能隐了。如果该副市长真的酷爱自己的肖像权，大可先辞掉官职，作为不是公众人物的普通公民就可拒绝记者的拍照了。即便是普通公民其行为一旦有了公共性，比如违背公德你也无权干涉记者的拍照。（发表时可做技术处理）

这事儿有点像出家人的剃度，既然你入了佛门，成了佛家弟子，就该遵守佛家的清规戒律，没了以前的自由，不要以为秃子有的权利你还有，秃子能摸的地方你也能模。市长应记住，你是组织的人，你的角色决定了你的职务行为就没肖像权、隐私权。

此次事件之所以引发广泛的轰动与众议，除了涉及公众人物的肖像权、隐私权之外，还关乎公民的知情权、记者的采访权、媒体的监督权。这些都是我们今后在构建真正法治社会所必须时时面对的。我不相信那位副市长对肖像权的理解如此浅薄，他不过是仗着自己的权威，借着法律的旗号在“敲打”记者。可他忘了人家这个记者不是你鹤岗的记者，你摊上的这个柿子有点儿硬。

» 规划有时就是鬼画的

城市规划本来是规划专家拿出方案，然后由城市的行政官员与方方面面的专业人士再组成专家评审委员会认定、通过，就可实施了。可如今有些城市的规划恰恰不是专家在规划，而是一个城市的最高行政长官在纸上画，然后再交给专家去规划，这样的城市规划在我看来就是“鬼画”。

就像有个民间故事讲道，皇后娘娘失宠后在宫中无聊，活得没意思，就让身边的人出去寻找“有意思”，无数人千辛万苦找回来的“有意思”都不是皇后娘娘要的“有意思”，他们彼此心中的“有意思”永远都存在差异。

如今领导心里的“有意思”城市规划与专家的规划总是不能对接到一起。就像近日被查出的原广东省委常委、广州市委书记万庆良在规划广州市城市建设时，就按照自己心中的“有意思”画了个纸上的“鬼画”，他不仅“疯狂”，还加上“狂妄”，他在山顶挖湖，山地修建百米宽的大道。这让从新加坡请来的有“城市规划之父”之称的刘太格的“广州中新知识城规划”屡遭挫折，刘太格无奈地说：不要再叫我“规划之父”了，我在广州遇到了“规划之神”。

广州海珠区建设环岛轻轨的项目也明显不合理，在江边修轻轨技术上的难度可想而知。而这既解决不了交通问题，又增加不了开发用地，反而会破坏滨江绿地，可是，鬼画的东西往往人力无法更改。事实证明，运营轻轨每年投入上亿元，没有客流支撑，成本无法收回，公共财政出了女娲都无法堵住的大窟窿。

广州市城市规划委员会原本有常设委员会会议，由于很多项目专家通不过，便被市领导撤掉了。现在的委员会由主要领导担任主持人，国土、住建、规划等部门参与其中。这些行政官员的专家大多“听话”，很少出现否决案，政府觉得这样“更有效率、更可控”。

近年来，各地频频曝出“糊涂规划”，从“世界生态宝库”湖北神农架建设机场，到“济南欲在日军侵华遗址‘万人坑’上建商业楼盘”，一个比一个更是“鬼画”的。

一朝天子，一朝规划。每个领导都有不同的眼界、思维甚至利益，一般是不会延续前任的。一些官员走马上任需要政绩，就修改以前的规划，提出新概念。下面“唯上”的人则帮着进行“可行性”研究的论证，推进表面合法的程序。

利益驱动让一些地方官员成为不合理甚至违规的“保护伞”。某个规划被禁止进人某个地域，就通过打擦边球换个名称来突破；而本来实际属于调控的规划项目，就用一个概念或主题来掩盖。例如，在很多地方，以建文化创意产业园的名义来规划圈地，但实际做的却是房地产开发。

一些地方官员乐当“规划之神”，除了“智叟情结”令他们过于自信之外，更多的还源于“规划之神”背后有自己利益在其中。内蒙古兴安盟原书记杨汉忠管城市规划就细微到一个县级市的马路用什么样的灯、街边种什么样的树，都由他来“鬼画”，其背后都连着腐败。

我们必须要在制度上建立让行政长官退出“规划之神”角色的机制，城市的重大规划必须由专家、分管领导、市民代表集体票决，不能由书记或市长一人拍板。

有些人一当上官就愚蠢到觉得自己真的越来越英明了，部下们有时讨领导开心，在一些游戏、体育比赛中让了领导，可这些领导也信以为真，就像万庆良在多次体育比赛屡夺第一。这样一来，权力就可能成为“规划之神”的隐形翅膀。

由此可见，没有制度的限制，领导真的以为谁官大谁就有智慧，谁就不是人是神了，连尿尿他都以为他尿得比别人远。

» 先给认证机关认个证

认证是由国家认可的认证机构证明一个组织的产品、服务、管理符合相关标准，可是这个认证机关就像一台度量衡仪器，还要有专业人员经常校正它的准确性，总不能一台度量衡出厂之后，它就是永远的“金科玉律”了吧。它认定了你半斤八两之后你就别再增减一克了，你这台度量衡自身生锈了、蒙尘了，已经失去“天平”的效应，可为人家“认证”的资格还是谁都无法动摇。

近日有记者经过数月调查暗访，发现在企业质量管理认证、玩具业产品认证、农产品有机认证三大领域的不少机构的工作人员的职业道德、人格品质都出现“生锈、蒙尘”的迹象。他们无法正确掌握公平公正的认证标准了，无论你呈上什么产品，这些人看到的分量仅仅是金钱的重量，认证机构变“认证”为“认钱”了。他们在金钱面前“一见钟情”，钱给够了你就算明明是猪八戒的相貌，也会被贴上世界小姐的标签。

一家认证检测中介代理公司的负责人向新华社记者坦言，现在的ISO9000认证基本上是“给钱就能做”的认证，“六千五百块全包，发票开一万二”。企业不具备质量管理ISO9000中的核心标准之一的ISO9001认证资质，就没资格去市场进行招投标。至于“全员培训”之类业务事项，那是能糊弄的就不用真做了，你多准备红包就行。不管什么样的审核人员来企业检查，先递上红包就妥了，没人会主动找麻烦的。原本需要三天才能完成的现场审核，仅用一天半就完成了。

“有机农产品认证”也是有着自己的潜规则，只要生产厂家与有机食品认证的咨询机构取得联系，机构负责人就会想办法让你过，企业只要做好接待就行了。咨询通过率100%，保证拿到证书，前提是该花的钱你不能少。

认证机构虽说不是政府的行政机构，但它们都取得了政府的授权，代表着政府在履行行政的职责。这些机构如果脱离了必要的监管，自由行使手中的权力，那么，他们就是放出笼子的野兽，只要你有求于他，你在他的眼中就都是他口中的肉。

要想让这些认证机构能真正的公平、公正地为企业与产品认证服务，就必须先保证这些机构是干净的，是没被锈渍与蒙尘的。否则，认证机构就成了“认钱”机构。

» 当133个公章有法可依之后

当下改革的重点就是各级政府都要简政放权，其力度有多大呢，看看各个省、市、区公布的具体数字便可知道。以辽宁省为例，2013年5月24日辽宁省人民政府关于第八批取消和调整行政审批项目的决定，就取消了全省行政审批项目84项，其中，取消49项，合并5项，下放管理层级30项，可见力度不小。

取消了如此众多的审批项目，这办事的效率是不是从此就真的步入了绿色通道呢？非也。还以辽宁为例，锦州市养老综合服务中心这个省级养老示范工程，也是市政府确定的2014年重点民生工程，一样经历了“肠梗阻”。原计划今年5月1日动工，可从2013年10月开始，尽管领导高度重视，并且由民政局一名副局长重点协调各种审批，可是历时8个月，经过39个单位，加盖了133个公章，到6月17日为止，仍然没有完成审批工作。下一步审批还要涉及7个单位，办理12大项审批手续。前边的路还是很远呀！

是不是那些盖章的部门与拿章的工作人员在处处刁难前来盖

章的人呢？不是的，如今还没有那么大胆顶风干的人。39个单位，盖133个公章都是有法可依的，他们盖章的行为完全是政府正当的审批、监管行为。如果这39个部门冒出了10个部门说：我们放权了，不用盖了，你们可以开工建设了。谁敢这样做谁就是玩忽职守，领导就要被撤职。政府设置这些行政审批部门就是让它们各司其职，严格监督、监管的。如果真有某领导一句话“特事特办”，把39个单位的133个公章一天都盖完了，反倒违背了行政审批的基本原则，是看人下菜碟儿。

如今出现这种39个单位，盖了133个公章，还没批下来一个“领导重视”的“示范工程”，我看这是活该。不是有句成语叫“请君入瓮”吗？领导的“示范工程”“重点工程”遭遇麻烦，可设置这些“麻烦”的部门当初也都是决策机关的深思熟虑呀！

有句俗语说得好“请神容易送神难”，设置这些部门的初衷是为了加强政府的服务职能，代替政府履行监管与监督职责。如今被“受封”了的各个权力部门都不是有意地在刁难人，他们确实是“守土有责”，就算有问题也是工作拖拉、作风不实，没人敢在领导督办的重点民生工程中“吃拿卡要”，诚心与领导对着干的。

政府的部门不能没有权力，有权力就要行使，行使的权力就不愿意把权威变成服务，当这些权力机关独立于监管之后，其宗旨也就发生了变异。别看他们对领导的重点工程仅仅是拖一拖、缓一缓，要是换成民营资本投资的项目，谁能保证其审批、盖章不会更慢、更复杂?

看似轻松的行政审批制度改革，实则并不轻松。过多的行政审批不但干预市场、阻碍改革，同时也是滋生腐败的温床。行政审批制度改革越到后来难度越大，目前改革已经进行到了“割肉”阶段，调整、协调部门之间的利益关系不仅非常困难，而且还会引起抵触，需要政府以极大的勇气和决心去推进。把简政放权落到实处，关键还是要“拆庙”，审批的部门少了，就没那么多的公章可盖了。

» “政策”调整了“政策”一定有了倒霉的

毛泽东主席一度教导全党：政策和策略是我们的生命，万万不可粗心大意。可事实却一再证明，我们有些人、有些部门多年来就是在政策和策略上，经常粗心大意，虽说没要了我们的性命，可也害人不浅。

比如，日前央视媒体报道的云南省河口县有一个名为“中国—东盟河口国际旅游文化景观长廊”的项目，总投资额为2.7亿元，3年之后该项目却开始动工拆迁，拆迁补偿费用估计要3亿元左右，高于它的建设费用。这一建一拆，就把6亿元像烧冥币一样地给化为乌有了。河口县2013年的财政收入为2000万元，按这样的财政收入水平，就算投资的钱你可以不管，拆迁的款你总不能不补吧？3亿元，河口县靠财政收入来补，要15年才能还上这笔亏欠，这15年公务员的开支咋办？公共事业的花销咋办？要说这件事还有点儿贡献，那就是当地的“鸡地屁”倒是有所增长。

是谁如此大胆，说建就建，说拆就拆呢？如今谁也找不到直接的“罪魁祸首”，更不是别有用心的“坏人”在颠覆我们的“社会主义大厦”。

“主要是政策调整。”河口县新闻发言人称。在2013年，河口县政府按照云南省委、省政府有关要求，“文化长廊”将被改造为城市公共空间和平台。

那么，当初决定建造这个“中国—东盟河口国际旅游文化景观长廊”也不是哪个县委书记、县长脑袋一热就动土开工了吧？也是从立项到研究，从申报到审批，逐级审核，最后批准的呀，这都是有决策权力部门的政策依据的呀。难道这政策真的就可如此“粗心大意”吗？

就是的，在目前的体制下，有些地方政府在制订政策时，目光确实是老鼠的眼睛，看到的仅仅是“开发”，是“招商引资”，是自己政绩的显赫，是自己利益的最大化，这样的政策一旦实施，保管民众怨声载道，上访不断，很快又遭到了“大政策”的“调整”，这上边的大“政策”调整了下边的小“政策”，遭殃的就是百姓了。

小政策要服从大政策，大政策毕竟没有那么多的“小猫腻儿”。可地方政府总不能啥也不敢干，都等着省政府出台政策，自己只当执行者吧？那么，谁来保证地方政府政策做到不是“粗心大意”呢？如今只要地方政府制定一个政策，要干一件事情，马上就有一大堆的可行性报告出炉，就没有哪个权威部门的人士来一篇“不可行性”报告与之唱唱反调。

如果在制度上我们就设计出对政府的政策在实施之前，要进行人大代表的无记名表决制，不至于那么多的政策在落实之后又被调整，如果今后再有政策性的调整，那么也实行那种“倒追制”，当初制定这些错误政策的官员都有哪些，凡是举手同意的不仅要负行政责任，还要负经济责任。不能写个检讨、换个岗位就了事，结果让国家的经济与百姓的利益蒙受巨大的损失。

» 高考舞弊也拼爹

河南高考替考舞弊案的过程被央视媒体的镜头记录下来后，国人无不目瞪口呆，127人从武汉跨越长江，北上中原当“枪手”，这规模也太浩浩荡荡了。

舞弊者胆量如此之大，难道他们不怕事情败露会毁了自己一生的前途吗？其实，舞弊者是不信舞弊会被发现的。“枪手”们也知道，凡是敢花钱在高考的考场铤而走险者都不是凡俗之辈，否则谁能躲过比登机安检还严格的层层检查？只有内外勾结，结成舞弊联盟，层层有人放行，关关有人保护才能让“枪手”替身成功。“枪手”也心知肚明，这是一次“拼爹”的实力大比拼。不是土豪，谁能付得出数万元的“打点费”，不是权贵，谁能掌控高考的现场？

牵涉替考事件的河南杞县二高考点，副主考、杞县二高校长白世平称，“能替考的肯定不是一般人”；而与之相呼应的则是，有替考组织者也称，能替考的学生家庭“非富即贵”。

种田的农家子弟，打工者的子女，城市中那些普通市民家的孩子，别说你拿不出打点“枪手”与考点的关系钱，就算你中彩票，有了巨款，你也是“提着猪头找不到庙门”。

看来高考替考这种“难度系数大”“科技手段高”的活儿，是另一种“拼爹”。爹不厉害，一个毛孩子的考生哪有那样的人脉关系去“左右逢源，摆平上下”？

笔者也分析了一下，这种“拼爹”的行为方式一般都发生在县市级的小地方，县城有明显的“同城效应”，想认识一个人，通过一个人的五个关系就能联系上，这种“同城效应”，让手中有权、有钱的人就可“呼风唤雨”了，但在大都市一般就很难完成。

网友开玩笑说，应该给这些能在高考中舞弊的“牛人”弄条广告语——“没有替考，你拼不过贫二代。”高考的考场是我们这个社会还算公平的一个竞技场，高考的公平、高考的干净是广大民众最渴望能坚守的一片净土，谁要污染它、冒犯它、亵渎它，谁就是与全社会为敌。

广大民众能容忍招标投标、开山挖矿的不公，能容忍提拔科长、处长的不公，但就是无法容忍教育的不公，尤其是高考的不公平。高考对很多人来说，不仅是一场考试，更是改变命运、实现阶层流动的最后一条跑道，这条跑道的起跑线绝不能允许画歪。一个人的生活再清贫，他也会对未来充满希望，因为他相信自己的下一代人就能通过高考实现鲤鱼跃龙门。我爹不能与你爹站在一个楼层上看风景，但18年后我就能与你一个圆桌上喝茅台，只有高考才能给寒门弟子这样的机会。

虽然高考有很多弊端，但“公平”是公众最看重的高考红利；虽然潜规则充斥于各行各业，但高考仍然是相对公平、干净的一场考试。

如今，如此大规模的高考舞弊令人担忧，那些冒犯者就是不相信高考能真的公平，高考的科技手段再严，也能被“关系”“金钱”操控。所以，舞弊者就敢“舞起来”。看来尽早出台《考试法》迫在眉睫。以立法的形式严惩那些还敢践踏公平、心存侥幸的舞弊者，让高考舞弊者早日销声匿迹。

» 狼吃不算，狗吃撵出屎

这是一句蒙古族的谚语，含义并不复杂，即狼吃了你家的羊，那不算损失，应属人力无法抗拒的天灾，但狗要是咬死了你家的羊，就要一追到底，让狗的主人包赔。这也是草原上的牧民们在处理狼与狗在咬羊问题上的基本准则。

狼是野生动物，没有主人监管，生猛凶残，咬了谁家的羊，谁自认倒霉，狗是有主人的，再厉害也有捆绑它的绳索。狗咬了人家的羊，狗的主人就要包赔，所以才有了这句谚语，狼吃不算，狗吃撵出屎。但这句谚语我如今觉得它除了有羊被狼咬或被狗咬之后我们应采取的态度，它还有更深一层含义，那就是对狼的无奈，对狗的同情。谚语总结的是人们的行为结果，但它改变不了人们的行为方式，狼与狗虽都属犬科动物，但在咬羊的问题上却得不到公平的待遇。现实中的弱者就是狗，强者就是狼。

比如，国人最不愿意暴露自己的财富，可偏偏就遭遇了“狼吃不算，狗吃撵出屎”的窘境。演艺界明星的财富年年遭公布，可官员的财富就如国家机密一样，谁要是敢公布，那一定就是

“摊上大事了”。

“2014年中国名人财富榜”近日隆重出炉，范冰冰的财产力压群芳，荣登榜首。那是范爷的能耐标志呀，范爷有范儿，范爷很有钱，可这是人家的演技高、片酬厚所得，人家天生丽质，倾国倾城，那也算自己的“原始股”，是自身的“姿源”，属主权自主，产权独立，人家一不招商，二不引资，别人只有羡慕的份儿，没有干涉的权力，不知道好事者为啥总是盯着“狗”，而忽略了“狼”？

谁都知道，官员本身不能创造财富，可他们来钱的渠道却一点也不少，要想让官员挣钱干净，为政清廉，就必须对官员的收入与财产经常晒晒太阳，以保障官员的财富不发霉。可是，如今的官员不愿意让别人晾晒自己的财产，宁愿它发霉把自己毒死，也不拿出来晾晒杀毒。官员自己不愿，别人也就没了公布官员财产的胆儿了。所以，就拿影视明星、体育名人的收入说事儿，以满足大众的窥私欲。

其实，公众更渴望知道的秘密还是官员的财产，因为官员的财产来自公民，官员享受着权力带来的各种便利，有声望、有地位，有机会借助公权圈钱，为啥就不公布官员的财产呢？连登记个房产都一竿子支到2020年去了，这些公仆们真有点儿对不住你的主人——人民了。

如今，我最心疼的就是各级纪检干部了，他们很辛苦，我们很无奈，真心想帮帮他们，可又怕被误解。否则，像公布明星财产那样公布官员的财产，都不用各级组织操心，交给福布斯或咱们的“自个家公司”都成，连行政成本都不用中央、地方的财政承担，就能为纪委反腐败提供可靠的依据。“明星财富排行榜”就没有被排行的明星们出来质疑的。可见，民间组织完全具备算清“狗”吃进多少只羊，也能查清“狼”叼走多少只羊。

咱们都别老盯着人家明星的收入说事了——别说人家干的都是正事挣钱，就是还有点儿别的什么事儿，也该由该管的人来管！

» “失控”了的“下半身”

5月23日，四川省合江县交警大队副大队长许江带女下属到宾馆开房，离开时把枪忘在枕头底下，后被清理房间的服务员发现，才报了案。

合江县公安局副局长陈献辉在介绍许江“丢枪”一事时说：这不是丢枪，而是枪支“失去控制”。陈献辉说，枪支失去控制的时间应该就在许江离开房间和派出所民警赶到的时间内。

听了陈献辉副局长的解释，我真有些无地自容，不是因为副局长阁下扯淡的技巧，而是为我自己。老夫我汉语言文学专业毕业，从事文字工作40多年，文字的运用水准与人家弄枪杆子的陈献辉副局长比起来，“这差距，咋那么大呢”？你看人家这词儿用得多炉火纯青！

老夫生来就记性不好，丢三落四的事情三天两头准发生一件，什么丢钥匙、丢钱包、丢衣服、丢单车，为此没少挨老婆的骂，骂得最严重的时候是“你小时候脑袋是不是被驴踢过”，气得我血压升高，面色发白，可就是没灵感创造出人家陈献辉副局长那样的话，“这不是丢，是失控”。事实也证明，有时过了若干天之后，我丢失的那钥匙、那钱包、那衣服，真的还找到了。就像丢枪的那位副大队长，是落在宾馆房间的枕头底下，若干个时辰不就完璧归赵了吗？如果说东西一时丢失，最后又回到了主人手中都算失控，那么，所有丢失的东西都不要先说是丢失，谁能保证若干年之后它不能物归原主呢？就是那些被拐卖的孩子，其家长也不能随意说丢孩子了，只能算孩子“失控”了，因为许多丢失的孩子，在若干年之后还真的找到了亲生父母。

在咬文嚼字上还是副局长阁下牛，我甘拜下风了，今后我一定虚心向他学习，凡是遇到一时找不到的东西，都不要过早地下结论说丢了，要改说“失控”。就是忘记了一件事情，也不可说自己忘了，要改说记忆一时“失控”。因为若干个时辰、若干天后，我常常会想起来。老婆今后若再说我忘了她的生日，打死也不承认，就说记忆一时“失控”，因为她生日过后，我十有八九都会再想起来的。

但老夫还有几句关于“失控”一词的题外话要说。那就是关于枪支的“失控”，这可是要命的大事，枪支“失控”落在好人手里，再交给警察那算重新“把控”了，那要是落到四处乱窜的恐怖分子手里，就算不是丢失，算“失控”，这不与丢失一样可怕吗？还有，身为交警大队副大队长的“警察叔叔”，从来都是人民群众的行为楷模，我们从小就知道在马路边捡到一分钱，都要交到警察叔叔手里边，如今您不仅违规带枪，还干了不如兔子的事情，因为兔子都不吃窝边草，您却带着女下属去开房。枪支

失控，有组织管理枪支不严的原因，不该给他配枪，导致让危险的武器失控。可许副大队长的行为失控，带着“公家的枪”，带着“组织的人”，去做违背职业道德的事儿，这样缺乏自律的失控，不知道大队长的顶头上司、那位会咬文嚼字的陈副局长该怎样解释？是许副大队长情感浓烈一时“失控”，还是荷尔蒙浓度超标一时“失控”，导致了带女下属去宾馆开房？

目前还没听到合江县官方的解释，我相信能创造出丢枪不算丢，算“失控”的那位副局长一定还有更新的创意词汇，来为其部下的“下半身失控”给予宽容的解释。

» 城市称号的虚与实

不少蔬菜的枝蔓上有一种花，它只吸取土壤中的养分，而不会结果实，菜农把它称之为“谎花”，“谎花”都是被掐掉的。当下城市称号评比中有不少就是“谎花”，开个纷繁却不会结出果子。

例如，刚刚评出的“2014年中国最具幸福感城市”，我看就是一朵朵不实的“谎花”。在刚刚过去的3月，产生或将要产生的各种城市荣誉称号多达数十个。

有些城市荣誉称号的帽子戴在头上真也如博士帽，谁戴谁光辉。比如森林城市、绿化城市，就得有林子、有草木，如果城市里有老树六七棵、八九十枝花也戴上了森林、绿化城市的桂冠，谁就是光着屁股讲礼仪——太死不要脸了。所以，评出的全国森林、绿化城市基本上都让人服气。

可如今评出的“最具幸福感的城市”就令人莫名其妙了，幸福感是人的感觉，除了人，我真的不知道还有哪只蛤蟆、哪条狗会有幸福感。那么，一座城市何来幸福感？此命题在逻辑上就是荒谬的。

设立“最具幸福感城市”的机构会辩解说：你连这都看不明白，我们说的是市民，是生活在城市里的市民对城市优质服务的功能让市民满意。这就更荒唐了，幸福感一定是个体生命的体验，你医疗服务体系再完善、报销比例再高，我也不愿得病，得了不治之症的人就是住进老干部病房，享受24小时全天候的服务，也不如没病没灾穿着草鞋在草原上撵兔子的人更具幸福感吧！

市民的幸福感是需要社会与城市为他们提供良好、完善的公共服务，但这些硬件上的服务可以单列考评，不能把千差万别的个体生命体验捆绑在你的硬件考评体系之中。这就像捆绑的夫妻不会有幸福感，你以为把一对郎才女貌、门当户对的男女组合在一起，他们就有幸福感吗？

人的幸福感是个体生命的体验，不是对政府公共服务的满意度。就如当下有些城市的土豪，他们对社会政策、对政府服务啥都满意，但就是不愿意在“最具幸福感的城市”里待着。他们甚至放弃在“最具幸福感城市”里的成功事业，跑到广西巴马那个穷山沟里高价租上两间土坯房，自己种菜，自己去山上背山泉水，过上无所事事的日子，就干“啥也不干”这件事。他们觉得这样的日子才最幸福，长寿乡才是他们最具“幸福感”的地方。可是，这地方对于想事业上大有作为的人来说，就不会是“最具幸福感”的舞台了。

地方领导当然也知道一些不实的城市称号不招人待见，可是那些评选机构即便没有权威也都有背景，你一个城市拒绝，可别的城市并不拒绝呀。虽说这只是开花不结果的“谎花”，但有时也有让人“乱花渐欲迷人眼”的效果。

城市想靠“谎花”美化自己那真是自欺欺人，发展必须要走务实的路线，真正挖掘并发展好地方特色产业和特色经济，以人为本，把民生、环境等工作做好。一座城市，百姓的口碑是最美丽的花环，对过多过滥的城市评选，有关部门也不能坐视不管，要加强监管，予以规范，对招摇撞骗的评选应坚决取缔。把那些动辄冠以“中国”“全国”的名头评比，都拿出来晾晒，看看哪些是“山寨”里扯出的假虎皮。

» “全民责任说”就是人人可推卸

全国政协会议期间，政协委员、影视明星成龙接受央视网记者采访时表示：“我觉得在说雾霾的时候，不要总议论政府做得够不够好，我相信政府一定会去想办法，我们不能把这一切责任交给政府，这是全民的责任。”

成龙在我的心中是个明星，是个功夫明星，即便我看过他主演的作品不算多，但不影响我对他的认可，我喜欢成龙，但我不喜欢武侠，更接受不了他“全民责任”的观点。

成龙主演的无论是大英雄还是小人物，个个都是救世主，在武侠的江湖，凡到危难遭灾之时，总有大侠现身，力挽狂澜，救人于水深火热之中。而那些武侠中的芸芸众生，从来都是江湖的喽啰用来顶数、起哄、造造声势，即便英雄喋血、老巢被端，也是大侠一时大意，马失前蹄，只要大侠青山尚在，都会一拍胸，一顿足，一呐喊：“我会再来的。”成龙主演的大英雄从不抱怨鞍前马后那些摇旗呐喊的手下，“今天的失败，你们人人有责”。

如今角色一变，成龙作为政协委员，他就英雄气短，不再相信大英雄能左右时局了。

谁都知道雾霾严重，不是人多放屁、烟民冒烟造成的，也不是炊烟袅袅、香客敬佛的后果。雾霾就是工业化排污不达标、燃油质量标准过低、公车数量庞大造成的。谁是这些祸根的放行者？是全民吗？是人人吗？人人都反对公车庞大，人人都讨厌烟囱林立，可人人算个啥？就像人人都不喜欢吃不安全食品，可人人却都在吃，人人也没权力去把那些卖伪劣食品的店铺查封了。

因为在法治社会建立起来的社会责任制度，并不是人人有责。警察管治安还分片区呢，越界抓坏人也要与当地的公安机关打声招呼的。交通警察不能到酒店去抓嫖娼卖淫，劳动仲裁的行政执法不能检查奶粉的质量，纪委的书记不能管一个乡村的烂仔闹事儿。这就像足球裁判员的红牌拿到台球桌前就是废纸一张，交响乐的指挥棒在十字街头也不会灵验。

人们在法治社会的责任都是法权授予的，没被授予法权角色的人如果也要参与社会公共事务，可以随帮唱影，做做宣传，“从我做起”是道德的需要，不是有效的行政行为。但谁要是指望一见有雾霾，就人人不开私家车；一见有贪官，就人人不行贿；一见人口多，就人人都避孕；一见人口要老龄化，就抓紧生二胎，谁的智商就处于“开裆裤”阶段。

人人有责，就是人人都可推卸责任，责任不落实到一个具体的部门，就等于还没落实；8个部门联合发出的通知，就等于这8个部门都可以不管，一旦出了问题，会有哪个部门说：这是我的责任，我来处理吗？

雾霾虽说不是政府大楼的窗口冒出的，可那些排污不达标的企业，哪一家不是政府办事窗口把关不严放出笼子的野兽？政府环保部门都有《环保法》做执法的尚方宝剑，他们都不能彻底治理雾霾，成龙指望全民的人人有责有用吗？全民拿啥做武器？就算全民都会了你成龙的功夫，也只能强身健体，当当武侠戏的替身罢了，绝不能替天行道，撒豆成兵，去踏平污染企业吧？

所以，“全民责任说”就是人人可推卸、人人可唱唱的“自我罪感”的耶稣曲。

» 别拿公信力忽悠百姓

记得有个幽默段子说：父母忽悠孩子，叫教育；孩子忽悠父母，叫欺骗；男人忽悠女人，叫调戏；女人忽悠男人，叫勾引；政府忽悠百姓，叫政策。前五句的忽悠不算怪，后一句的忽悠有点赖，它拿公信力开玩笑。

作为人民群众深深信赖、尊重的每一个政府职能部门，不管你是上管天的气象局，下管地的土地局，还是中间管空气的环保局，都是为人民服务的公共机构，就是要履行为人民服务的职责。这就像一个大家庭雇用的仆人，要真心实意地为主人服务，我们的公务员叫人民公仆，就是人民的雇员。可如今就有仆人忽悠起主人了，还敢用“政策”、用公信力忽悠，老夫有例为证。杭州市政府发言人日前宣布，从2014年3月26日零时起，杭州实行小客车总量调控管理，也就是限牌了。

实行这个政策本无可非议，市民也感受到了城市的堵车之苦，知道早晚都有这一天。但正当空穴有风、苗头乍现，市民准备提前买车时，杭州市治堵办对于限牌一事多次辟谣，表示杭州公共交通体系以及路网建设尚不具备限牌条件，限牌之前也还有限行升级等治堵措施，并认为限牌之说是车商为了刺激消费的炒作。

治堵办的多次辟谣，给想买车，暂时还钱紧的市民吃了定心丸，多数市民也认定马上限牌就是商家的促销，借着政府部门政策的权威性忽悠市民买车。可雪埋不住死猪，就有一位私营企业老板，敢一口气买下了1000多辆廉价的面包车，用于囤积牌照，让多家4S店紧急从周边车行往杭州调车卖。

正当这乱花渐欲迷人眼，十里雾中看彩灯时，杭州市政府召开新闻发布会：宣布从26日起开始限牌。有网民大呼，这是范伟遭遇赵本山——被忽悠了。治堵办的辟谣原来是“造谣”。以政府的名义辟谣，恰恰是造谣，连“父母”都不敢干的事情，仆人干了。

其实，市民买不买车都能过上幸福的日子，可是为人民服务的部门你不能拿政策忽悠百姓呀。“狼来了”的谎言孩子玩，大人不让；大人玩，孩子无奈；政府玩，百姓就遭殃了。拿公信力开玩笑，杭州治堵办玩大了。

更让人气愤的是，政府“辟谣”是为了向民众保密，可有的汽车行和想囤牌借机发财的老板却能掌握准确的信息，这是为何？政府的一个部门拿政策忽悠一次民众，就造就了一批百万富翁，也把那些普通百姓的轿车梦变成了黄粱梦。贫富差别不会让人失望，让人心凉的就是这种在机遇面前的厚此薄彼。

公共政策面向公众，必须要公开、公平呀！公共政策借助公权的权威也玩起了“三国谋略”，搞明修栈道，暗度陈仓，搞突然袭击，让百姓措手不及，这公仆就比公牛都牛了。我想，拿政策忽悠百姓的事儿不能忽悠完了就想算了吧，事关民生的政策更不是小品，谢幕一场就算再见。人们等待着杭州治堵办给市民一个说法。拿着政策忽悠市民为哪般？消息灵通人士一次敢囤积上千车牌，是哪位“仙人指路”？

我们是法治社会，法能管个体，也能管部门吧。不能总是把谣言的根源归咎于网民，我们的司法机关可不能执法也挑软柿子吧，我断定，杭州治堵办这回摊上事了，摊上大事了。

» 部长的年薪目前不用代表操心

全国人大代表、珠海格力公司副总裁陈伟才日前说："正部级干部年薪20多万，还不如一些大企业部门经理，这种薪酬分配很不合理。"

陈伟才原是广州市公安局人事处处长，去年9月辞职后，任格力公司副总裁。格力副总裁年薪比国家主席还多得多，尝到甜头的陈伟才自然觉得自己原来的处长工资少了。可陈伟才列举的两个工资参照角色并不是当下工资存在的主要问题。

如今工资最迫切要解决的问题还是退休之后的三六九等，例如，有没工资拿低保金的，有自己花钱购买社保的，有企业、个人各自出资购买社保的，还有事业单位与个人出钱购买社保的，再就是不用自己破费一个铜板就享受各种待遇的公务员了。一位退休部长与一位没职业的低保人员"工资待遇"有70多倍的差别，陈伟才代表为何视而不见？

一个社会的工资差别不是拿两个角色一比就能看出来的，如果那样，我也举个例子，国企副总年薪为100万以上，广西大多数地级城市党报副总编的年薪不足7万，都是“副总”，如此大的差别咋就没有全国的人大代表为党报的副总说几句话呢？随手拿来两个毫不相关的社会角色比工资，就有点关公战秦琼的味道了。

一个职业的工资核定标准，要看市场、看需求，例如，殡葬管理所为死人美容的人员工资，要看有多少人爱做，人人都不做，社会还需要，你就要随行就市。如果政策标准坚持月工资就是3000元，这个行业就会消失。民营企业的工资是与员工的贡献挂钩的，企业的老板绝不会拿着工资送人玩。所以，企业给员工多少工资是不用政府与他人操心的，谁羡慕企业经理工资高谁就去应聘。

在改革的进程中，有些公务员的岗位本身就需要改革，某些政府部门的岗位是社会经济发展中不再需要了的，一个没有社会需求的岗位还需要再付出高工资吗？公务员的工资人们满意不满意，看看每年报考与录取的比例就知道了，部长的工资是多是少看看愿意在岗还是愿意辞职就明白了。从1949年至2014年的65年间就没有一位正部级官员辞掉公职到企业发展的。别看工资低，愿意拿低工资当部长的人永远比愿意拿高工资当企业副总的人多。我猜想，如果任命陈伟才拿低工资当部长去，他不会死守着格力副总的职位拒绝的。

既然部长的年薪20万还不见有人辞职，这说明20万年薪当部长并不是一件不能忍受的事情，我儿子那个酒店大厨的年薪22万，他还辞职不干了，说太辛苦了。

陈伟才说给部长加薪当然也是有根据的，他调查发现，虽然《公务员法》规定“公务员的工资水平应当与国民经济发展相协调，与社会进步相适应”“定期进行公务员和企业相当人员工资水平的调查比较，并将工资调查结果作为调整公务员工资水平的依据”。如果一个社会能找到为公务员加薪的法律依据，而找不到为其他360行人员加薪的法律依据，那说明这个社会的立法还不够健全。事实上为哪行哪业加薪的法律依据都能找到，但是全国去年真正履行“工资水平应当与国民经济发展相协调”，为职工加薪的省市不足8个。在这样的大背景下，陈伟才代表为部长抱怨工资低的论调就是与当前的大局不符了，不要让社会的物质利益玷污了人民公仆的称号。在全党倡导践行群众路线的时候我们的人民代表眼中要多往下看，心中有群众才对。

如今愿意“为人民服务”的人层出不穷，愿意不拿工资只当部长的人也比当下的部长多，所以，当下最让政府操心的事情不是部长的工资而是往大众的面包上边添加一点儿奶油。

» 小家亦能大风范

央视街头的“家风”采访让全国的观众关注、热议，我看后也深有感触。设想一下，如果央视的镜头对着我，我会如何回答我的家风呢？估计我在有准备和没准备的情况下都会把最美好的词句都捅上去。就像央视报道的那些被采访者回答的家风，几乎就是把赞美中华民族美德的好词儿都使上了。唯独重庆一个小男孩回答家风时别具一格“我家的家风是爸爸每星期天打我一次，星期六不打，星期天必须打……”“为什么打？”“不知道，我老是吃饭时看电视。”其实我倒觉得这个孩子说的家风不会不好，他爸爸的打，也是吓唬的打，真要是家庭暴力，这孩子就没这么开朗与幽默了。

我理解那些被采访者，谁也不会对着镜头埋汰自己的家风。可是家风如何，不是自己说的，而是要看这个家族的成员都长成了什么样的人，干了什么样的事。

我们的民族文化亲情伦理大于人际关系，家风家教源远流长。中国是世界上第一个把婚姻家庭关系契约化、圣礼化的国家。我们可以没有宗教，但我们绝不能忘了祖宗。孔子主张“克己复礼”的“礼”就是“周礼”，周礼中的人际关系核心就是把家庭宗教化，家中成员之间的礼仪、仁爱、美德、敬老爱幼高于君臣关系，是孔子在“复礼”之后又改造了周礼，才把“国家宗教化”的；君臣关系才大于了家庭关系，辜鸿铭在九十九年之前写的《中国人的精神》一书中就有了这些论述。可见家、家风对中国人有多重要。

家风对下一代的人格与道德、素养的影响大于公共的学校教育。家风如今不再是一个家族大院里边的事情了，名门望族的家风、领导干部的家风如参天大树，树大浓阴宽阔，谓之影；风儿不止有声音，谓之响，这就是“影响”。中国孔孟家族家风的美德长久不衰，到如今可以代表我们民族的家风了，而街头那些随意被采访问到家风的人，自然就是一株小草，没了影响力。但每一个家庭也不能因微不足道而随波逐流。

一个村里，村主任、村支书的家风其影响力就是几千人，村里的首富虽说不是大富豪，可在他的那个地域，其家风对全村都有辐射力，即便是好的影响不大，可坏的影响就是酸雨，能腐蚀一大片。一个县、一个市其主要领导干部的家风，都能透视出当下的党风、政风。他们的家风好与坏就是春雨或酸雨，都是一片一片地波及大地。所以说，那些坑过爹的儿子们，其实也是家风不佳坑儿了。凡俗百姓自家伤风败俗，没几个人关注，可领导干部、名门望族要是家风不佳，那一定顶风也能臭出三千里。

在全民关注我们民族家风的当下，习总书记向全国人民展现了他美好的习家的家风。习总书记美好的品德源于他饱尝艰辛的特殊成长经历。习家有着从严教子、勤俭持家的家风。习仲勋认为，作为党的高级干部，端正党风，首先要从自己做起，从自己的家属做起。在习近平刚刚走上领导岗位后，习近平的母亲专门开家庭会，要求其他子女不得在他工作的领域从事经商活动。受父母耳濡目染影响，习近平秉承家风，对家人要求也非常严格。他担任领导干部后，每到一处工作，都会告诫亲朋好友："不能在我工作的地方从事任何商业活动，不能打我的旗号办任何事，否则别怪我六亲不认。"习家的家风就是我们民族美德的典范。

古人说：修身、齐家、治国、平天下。如果为官者心里时刻装着人民群众的喜怒哀愁，时刻把人民群众的冷暖挂在心上，"上，要无愧于国家；下，要对得起百姓"，自然会得到人民群众的支持和拥护。古人讲"先修身而后求能"，有了好的品德作保证，做人才有底气，做官才会硬气，做官才有正气。有了好家风才会有好儿女，儿女才会有好的人格，有了好的人格从政才是国之幸、民之幸。习总书记传承忠厚家风，为中华民族注入了优秀的传统美德，让我们对未来充满信心、满怀期待。

» 我们在意别人的眼光吗

别听有人嘴硬，说“我不在乎别人的眼光，我就做我自己”，那是他压根儿就没把你放在眼里，就像某些大奖赛的评委从来就不在意读者与大众的眼光，你是敬仰还是景仰，你是鄙视还是蔑视，他都我行我素，万众忽略时，他自娱自乐，万众指责时，他置若罔闻。这样的“好汉”真的是不在意别人的眼光了吗？

不是的，当这个别人的眼光，在他的眼里不是乌合之众的眼光，换成了评委的领导机构或领导人，有了指示，有了意见，甚至仅仅是个暗示时，我们的评委就高度重视了。有人说，我就不看别人的脸色行事，那是胡说，大赛评委会的章程与评选标准就是人家制定的“眼光”，你按照这个“眼光”行事就是了。如果有哪个评委一意孤行，那好，先让你玩完儿这次，下次你就“玩完儿了”。

谁不在意能制约你命运人的眼光？狗是豢养的，它脖子的那条链子决定了它要时刻注意主子的眼光，它不在意主子的眼光，它还能被豢养吗？就连野生的狼也都在意人类的眼光，不到生存不下去的地步绝不冒犯人的领地，狼是看着人的眼光，躲着人的“扩张”，去寻找新“开发区”生存的。

体制制约国家，伦理制约民族，道德制约个体，我们每个人都被大大小小的力量制约着，我们不能不在意别人的眼光，别人的眼光就是一堵墙，谁都会掂量一下自己头颅与那堵墙的硬度，你能破墙而入，就不必在意想看你头破血流那些人的眼光，要是没有这个本事，谁能不在意那些能把你盯出血来的眼光。刘晓庆当年敢说“走自己的路，让别人说去吧”，那是她对不能决定她命运的人不屑一顾，可她能不在意导演的眼光吗？她能不在意那些有名气导演的眼光吗？她能不在意大师级导演的眼光吗？

乡长不在意村长的眼光，可县长的眼光比他情人的秋波都重要；美国的州长可以不在意总统的眼光，可选民的眼光比他爹的眼光都好使。这不是这些人狗眼看人低，是人在低处时，你要小心狗眼是不是盯着你，保护自己才是生命的本能。

当然，不是搅在官场、商场的芸芸众生有时倒没必要太在意别人的眼光，只要我们的言行符合当下的法律法规、伦理道德，谁的眼光羡慕我们、鄙视我们、忽略我们、冷落我们、嘲笑我们，都不该影响我们的白天工作、晚间上网。可是我们总是太在意别人的眼光，开上一辆新车没听到一句夸奖，就误以为人家的眼睛被醋泡了，穿了一件好衣服，没听到一句赞美，下午就把它换了，晚间上网见匿名的网民骂几句也会堵心，这就是自己和自己过不去了。

不是我势利眼，我的生存法则就是，“制约”不了我命运的人，我都不太在意他们的眼光，比如县长，他不是我选的，他也管不着我，我干的事他不关注，他干的事也与我无关，他的眼光是高瞻远瞩，还是一叶障目，自有他的领导考核。比如同事，你看我时闪着恋人似的微笑，我不意乱情迷；你看我时充满着不屑一顾，我也波澜不惊，撞上顺眼的眼光还你一个微笑，对上拧巴眼神装作视而不见，历史表明，我们彼此并没有不共戴天的阶级仇恨。

抛开上下级的权力关系、买与卖的金钱关系，有些人的眼光我们就要格外在意了。比如，彼此相爱的人、彼此温暖的人、彼此相依为命的人，这些人的眼光是光明、是深情、是力量，是我们活着并活出滋味的原动力，我们不仅时时刻刻需要他们的眼光，还要往他们的眼光里发射我们的信任。

» 马年不加鞭

马年是老夫的本命年，60大寿了，人生已唱夕阳红，看着自己生命这不到半杯的水，难免伤感。

如今我最怕的事情莫过于这日子过得像快马加鞭了。我怎么就属马了呢？属牛多好！有无“牛铃摇春光”我都不在意，优哉游哉就行。可我从出生就遭遇“千里马”又加鞭的时代，从来就没慢过。

按当今科学与技术的发展速度，总有一天人类制造的飞行器会与炮弹一样快，把乘客装进炮膛，一炮从北京射到里约热内卢，抽一支香烟还没完人就倒了。其实这样的速度人类已经掌握了，对于在外太空运行的宇宙飞船来说就不是问题，将来把飞船运用到商业之中是办得到的。

如果不是到了非要争个你死我活的时候，速度快比速度慢就一定是件好事吗？我不信。如今的不丹王国没有高速公路，也没有铁路，汽油在这个国家不如矿泉水，可照样被世界公认那里的人民最幸福，北欧与美国的老百姓就拒绝高铁，也不见人家的日子有多难受。

速度能抢来效益，可对于想过悠闲日子的人来说，速度并无意义。朝圣者用脚步丈量的虔诚你不能用高铁的速度代替，等待过程的幸福最怕的就是没了过程，一个手指一点就发出的短信情话，其价值永远比不上走了几个月才送到手的情书。

如今我们生存的方式完全是竞争似的拼搏，速度自然有了实际的效应，可速度终究不是目的吧。如果大家都慢下来，慢得像北宋首都那样的生活方式有什么不好？茶坊、酒肆、庙宇鳞次栉比，街市行人川流不息，商店中有珠宝香料、绫罗绸缎等专门经营，形形色色，热闹缤纷。一个看城门的小卒也可以穿丝鞋，生活水平超过当时黑暗的中世纪欧洲贵族。那时的北宋文化昌盛，艺术繁荣。宋太祖赵匡胤虽为一介武夫，却十分重视文化艺术，很懂得文治的意义和文化的重要。由于物质生活富裕，宋朝人生活悠闲安逸，热衷于追求精神生活，宋人也可以随便说、随便写、随便发表言论，不必担心被抄家、砍头、灭族。一言不合上意也仅流放而已，换个地方日子照样滋润。苏东坡被流放多次，照样从容自在，打猎吃荔枝、啃猪蹄，游览山川美景。北宋的人因重文轻武，重内轻边，战争也很少。那时最快的速度就是快马加鞭，时速也不过60公里，跑上二里地也就没了速度。可没速度的宋朝不比现代人的生存更安逸、幸福得多吗？

速度与金钱是一个玩意儿，不能没有，多了就是祸害。超音速了就是炮弹，有点闪失就没有“下不为例”了。时代的速度人类无法遏制，但每个人自己生活状态的速度我们还是有能力换一种节奏的吧。舒缓、停顿在音乐的旋律之中都是优美。

将脚步放慢一点，我们才能尽情领略漫天的星斗；将脚步放慢一点，我们才能潜心阅读经典中的智慧；将脚步放慢一点，我们才能听到别人的心声；将脚步放慢一点，我们才能与自己的灵魂对话；将脚步放慢一点，我们才会感知活着的滋味有时啥也不干，比啥都要干更有意义。

宁夏作家郭文斌说：“对于现代人，尤其是对那些整天处于致命焦虑的芸芸众生来说，以安详作为生命的方向，才是每天疲于奔命的人们尽快摆脱焦虑的救赎之路。”这话真好！

» 报喜鸟心态是患了“好消息综合征”的病

人性的劣根中对别人都是“坏消息综合征”唱主调，巴不得别人倒霉。反过来对自己、对自己的利益团体就成了“报喜鸟”。

广东佛山杏坛社区卫生服务中心在前三个月就出现过一名女婴在接种深圳康泰公司生产的乙肝疫苗后，出现呕吐、淤青等症状，并被诊断为脑出血。家属质疑相关部门未予重视，后佛山顺德区疾控中心承认未将此疑似异常反应按规定上报。日前，顺德区药监局针对此事通报称，已启动疑似预防接种异常反应事件调查，并称已对该婴儿疑似异常反应进行补报，可惜太晚了。

从这件事儿的表面上来看是那名医务人员粗心，卫生服务中心责任意识不强。其实更深层次的原因就是我们多年形成的对自己“好消息综合征”的后遗症。

工作上有创新、有业绩就被奖励、被重用；有问题、有漏洞就受处罚。所以，在不明确责任主体是别人的时候都怕自己摊上事儿。凡是能敷衍过去的坏事儿尽量不让外人知道，于是就形成了我们的报喜鸟心态。这种文化一旦形成，连制度都会形同虚设。

如果我们实行的奖励制度中有“发现问题，找到漏洞，也能与有业绩有创新的人一样嘉奖、提职”，“乌鸦嘴”的人就不会心有余悸了，报喜鸟与乌鸦就会共生共荣。可如今的主政者从不需要他人对自己的决策发表“不可行性报告”呀！

像佛山杏坛社区卫生服务中心那样，如果发现疫苗有问题的那个医生能把自己的怀疑直接反映到市里或省里的卫生防疫部门，他就受到嘉奖、受到表彰，就不会出现其他婴幼儿死亡的事件。可事实是患者家属都质疑了，我们的医生与卫生服务中心都不认可，把人家的“乌鸦嘴”捂住3个月。可每当有患者家属送来锦旗感谢医生、医院时，就巴不得锣鼓喧天，名噪天下了。

这种“好消息综合征”正是源于人的“坏消息综合征”——人性的劣根。当我们知道了人性的劣根之后，在制度设计上能够形成自觉地补洞，就会少犯错误，可如今我们所做的不少事情恰恰是迎合着人性的弱点，这就是自己给自己制造麻烦，甚至是灾难了。

» 作家是天才这没错

刚刚有个著名作家与上海一帮子爱写作的孩子说文学，告诉他们：作家不是天才，只要你们勤奋、刻苦也能成为作家。

可我担心他这样为孩子们励志，大多数孩子会被文学玩了。文学之路最不成全他的热爱者了。如果换成老夫我与那些小朋友文学互动，我就不那样说。

假装着我被邀请，假装着我具备了与祖国花骨朵谈文学的资格（原谅我不知自量了），于是我就说：孩儿们，你们这么小就喜欢写作，但要知道，文学是创造性地捕捉灵感，不是技术性地写作。生命的基因中不具备文学的天赋是成不了文学家的。木匠、铁匠、工程师、博士都可以培养，但作家培养了也无法毕业。作家班也只能帮着已是作家的人提高鉴赏水平，甚至可以改变作家的价值观念，但就是不能帮着作家艺术创作。如果作家也能培养，鲁迅的儿子就是小鲁迅，老舍的孩子就是小老舍，莫言的后代也是小莫言，可惜文学创作不能传授，最不能子承父业的就是文学。

写作的才华在同龄的孩子中崭露头角，但这绝不保证他们今后就能成为作家。如果这些孩子真的喜欢文学，又被作家认可具备了文学天赋，那么与作家的这一次交流就等于给他们输入了一次积极的正能量；如果不具备文学的天赋，你就把他送到中国作家协会鲁迅文学院深造，毕业之后再到中国作家协会工作，他也不过是个懂文学的公务员，而不会成为作家。

人成为什么，并能在某个领域成功，其前提一定是他有这方面的天赋，也就是天才。别说文学了，就是体育人才也是这样。参加田径体校的孩子全国有数百万，能成为田径杰出人才的从来就凤毛麟角。可是在牙买加，要找出几个短跑名将进入国家队那是易如反掌。在肯尼亚，国家从来就不用花钱培养长跑运动员，人家自己找个教练，训练训练就去参加世界各地的马拉松比赛，银子、奖牌就都划拉到肯尼亚了。人家的人种就适合那样的运动项目。就像欧洲人出哲学家，人家的思维方式就是思辨型的，咱中国人的思维是解读型的。师者解读孔孟，臣者解读帝王，学生解读试题，商人解读买主，反正就是“解读”着证明自己接近了正确，绝不思辨着证明自己有了发现。谁敢说自己在某个领域是个天才。有了创造性的发现，那就是找死，必须说我是笨鸟，但我能起大早，我先飞了，所以才吃到一条小虫。

天才在我们心中比金子都贵重，显摆自己富贵顶多招人羡慕，显摆自己官大顶多招人嫉妒，要是敢显摆自己是个天才，大家啐死你。咱们不是太讨厌天才了，而是太喜欢天才了。所以，当我不是天才时，也绝不许你是天才。你就是成功者，是巨大的成功者，你也不是天才，是勤奋、刻苦的结果。我没成功那是我没努力，我没刻苦。

经常听到一些官员对作家说：我这人就是不够刻苦，工作一忙，好多事情就放弃了，等我退休之后一定把创作的事情捡起来，写一些属于自己的作品。老夫我真想说：我现在写作太忙，没时间当官，等我退休之后就去从政，听说居民委员会的主任今后公开竞选了，60岁也不超龄，当官就当民选的官，当上级任命的官不过瘾。可是我不敢说，我怕他听了恼火，我年底的奖金可是他说了算。但自认为干啥都能成功的人绝对是个蠢材。

生命的个体不是流水线生产的，不能人为地设计，虽说教育与培养能决定人的职业专长，但不是对生命潜能的最大挖掘。人的职业能力是生存行为，不是生命的天才。都在“梁山泊”造反起义的一百单八将，个个武艺高强，可都与他们的天赋有关。鼓上蚤的本事，李逵不会；花荣的神箭，矮脚虎不会；林冲的枪、武松棒、杨志的朴刀、鲁智深的禅杖，都是应了自己的身手才能耍得开，让他们换换家伙儿，保准不是英雄了。

技术专长不光是个习惯的事情，是生命基因在起作用，就像某些人勤奋、刻苦；某些人懒惰、松散也是天生的，有时不好说优劣，就看用到什么地方。说某人有文学天赋就像说某人有木匠天赋一样，其实都不是什么赞美，诸君可别当回事儿！

» 明知风险大不见谁害怕

日前，国家行政学院原副院长周文彰在对上千名局处级干部进行廉政教育时感慨道：“每年受处分的县处级以上干部已经超过矿难人数。权力是有风险的，领导干部已经成了风险最大的职业。”有数据为证，2012年，查处县处级以上干部4698人，而当年矿难死亡人数仅在1500人以下。

其实这事儿不用周文彰院长亲自讲，连引车卖浆之人都知道。当官别说比矿难风险高，就算比贩毒的“灾难”都大，人们也照样奋不顾身，风险何所惧，只怕没机会。

老夫今年60岁，目睹官场40年，远的不说，就我经历的五个单位，近千名科级、数百名处级、几十位厅级官员，就没一位因为恐惧官场风险大，主动辞官不敢做的。倒是数千名科员天天像农民久旱盼下雨一样地盼着“下令”——啥时候才能把自己提拔起来。

人在做官之前，都相信自己能管住自己，守住底线，坐怀不乱。可当上官之后，能管住自己就等于矿主管矿难，太难了。没有哪座矿山没遭遇过矿难，没有哪个县就没出过贪官。就连我那地处祖国神经末梢地带的少数民族边境、边疆的老家——内蒙古兴安盟，这10年倒下去的处级以上的官员也超过了那个地区境内的矿难人亡总和，甚至超过被处决的贩毒分子。那些“遇难”的官员躲过了反右派、“文化大革命”等一系列政治运动，就是没扛过如酸雨一样腐败的侵蚀。

民谚曰：“不见棺材不掉泪，不到黄河不死心。”都说贪官落马掉了泪，心死后了悔。这话我不信，假设再给这些贪官一次从政的机会，谁相信他们会拒绝？都说一朝被蛇咬，十年怕井绳，此话用在官场不灵。别说经济问题的风险吓不回去人们的官瘾，就是给他扣上叛徒、汉奸、反党、反社会主义莫须有的政治大帽子，人们照样不怕，就是要当官。老夫早些年说过，人的官瘾远比毒瘾大，毒瘾不是人人都有，官瘾无一例外（包括少年儿童）。

如今做官的待遇在降低，公款被管得严了，特别是做个副职的官员，日子不会再流油了，可仍不见奔官去的热乎劲儿降温。看看今年报考公务员与录取的比例就知道了，难度堪比科举时代考状元了。国人从来不嫌弃做官清贫，连占山为王的宋江、座山雕都想进入体制内，有个组织给的官衔。更何况我们历朝历代什么时候亏过当官的？哪个官员也没官不聊生过呀。连个一村之长即便不是一个村的首富，起码是“二富”。

其实，人们想当官并不是什么坏事，就连西方那些民主程度较高国家的官员们即便没有经济上贪腐的机会，大家竞选官位不也争得冒烟咕咚吗？有人宁愿不挣钱也要当市长、当总统，可见官场的官位真有让人着魔的力量。名誉、权威是实现人的自我比钱还能让人有满足感的“精神金币”。

为了保护好官员从政的风险，让官员为人民服务时就像孺子牛一般，就必须向农民学习。农民都知道，自由散放的老牛个个都是蛮霸的家伙，它们不仅威胁着别人的安全，自身也在风险中，豺、狼、虎、豹觊觎着它们，种田的农民也时时刻刻提防着这些散放的家伙祸害他们的庄稼。只有那些被穿上缰绳的老牛，缰绳握在农民的手中，它才会为人民服务，对别人、对自己都没风险。

道理并不复杂，办法也不是没有，就看我们的顶层设计者愿意不愿意让人们给官员的公权系上制度的缰绳了。

» 诗性的心灵永不泯灭

科学技术的发展让那些神奇、美妙的神话都失去了神秘，人类探索未知的领域，让一个个世界之谜都昭然若揭。魔术好看，可谜底无聊呀。但人类终不能为了保护虚拟的神话不揭示世界的真相吧。因为科学能使科学家看到宇宙的规律与秩序，这不仅是科学家的责任，也是人类科学求索未知的终极追求，但不是科学家的大众处于审美状态的生活才更有趣味。

在这一点上我惊叹美国人的诗性心灵与他们的幽默。根据美国宇航局网站上记录的“阿波罗11号”通讯档案，1969年7月20日，在休斯敦地面指挥中心的罗纳德·埃文斯对太空中准备登月的宇航员说：“有人要你们注意一个带着大兔子的可爱姑娘。在一个古老的传说中，一个叫嫦娥的中国美女已经在那里住了4000年……你们也可以找找她的伙伴——一只中国大兔子。这只兔子很容易找，因为它总是站在桂花树下。”“阿波罗11号”宇航员迈克尔·科林斯立刻回答说：“好的，我们会密切关注这位兔女郎。”当时，科林斯留守“哥伦比亚号”指令舱中，他的同伴尼尔·阿姆斯特朗和巴兹·奥尔德林正准备乘“飞鹰号”登月舱登陆月球表面。美国行星科学家埃米莉·勒科达瓦拉说：“这真是一件值得分享的逸事，看起来，奥尔德林和阿姆斯特朗44年前就已经在月球上寻找‘嫦娥’和‘玉兔’了。”

美国科学技术人员不仅研究航天科学技术，对于一个当时并没有交往国家的古老神话也了如指掌。他们是科学家，但他们的人文情怀更洋溢着诗情画意，科学家并没有把月亮单纯当作一个星球来研究，在登月之前，他们的对话不是在说月球的月貌与地球有哪些不同，哪些矿物质与地球的有区别，而是想到了中国神话中那个嫦娥美女与她的兔子，并知道她们在月球上居住了4000年。这可是每一分、每一秒都宝贵的时间，他们聊这些不“科学”，没有科学价值的“废话”。可就是这些废话，在如今我们的心中是那样的美好。

这是有完整录音的一段档案，在嫦娥二号飞天的当日央视新闻播放这段录音，这段录音令我热泪盈眶。人类美好的诗性情怀没有因为科学的探索而失去魅力，文学的形象没有因为国家间政治的不同而被阻隔。在美国宇航人的心中，嫦娥是最先登月的人，谁都知道这是一个神话，可谁都知道这个神话不是扯淡，如今全世界的人都知道，美好的人类精神世界里的形象不在于兑现，就像是谁要真正找到了上帝，那不会是人类的福音，倒会是灾难。

人类的生存与发展离不开科学与智慧，但更离不开精神与情感。科学只能满足我们的头脑，并不能满足我们的精神。人类的审美情感需求大于科学需求、大于探索需求。所以，我从不担心科学的发展会让我们的生存状态处于像知道了胜负再去看足球比赛那样索然无味之中。

正像罗纳德·埃文斯对太空中准备登月的宇航员说的那些有审美诗性的话，无论人类从事什么样的伟大事情，那颗诗性的心灵永不泯灭，这不是因为我们都是诗人，而是人的灵魂中都常驻着美好，美好的东西永远不朽，嫦娥、玉兔、桂花树一定比登月车还永恒。

» 精英并不都是精英生的

11月28日，演员刘佩琦表示，精英们就应该多生，“姚明、李娜、刘翔、张艺谋、陈凯歌等，那些精英们，包括其他领域的精英们，我觉得应该让他们多生一点儿，当然国家法律不允许，法律是平等的，我说话也不算数，但我从心底里觉得各路精英应该多生一两个，这是对我们中华民族素质的提高，我们现在太缺乏人才了”。

也许刘佩琦的目的是好的，为中华民族多出些优秀的人才操心了。他认为让姚明、李娜、刘翔、张艺谋、陈凯歌生二胎就等于又多了小姚明、小李娜、小刘翔、小张艺谋、小陈凯歌。只要精英们子子孙孙地繁衍着，就像原子核裂变，咱们的民族精英就越来越多，愚昧的人就越来越少了。

愿望多美好，想法真奇妙。按老夫的推论，刘佩琦肯定对植物、动物有所研究，起码兴趣很浓。在他的思维中，人也像植物，种子决定生命的形态和质量。种玉米就不会产出谷子，播小麦就收获不了高粱。马配马生马，驴配驴生驴，驴配马就生骡子了，水稻一杂交就高产。可是人种的事儿并不按植物和动物的基因遗传呀。记得有个美女明星向爱因斯坦求爱时说，咱俩要是结合了，生出那孩子一定会像我一样漂亮，像你一样聪明。可爱因斯坦更担心的是“若像我一样丑陋，像你一样无知那多可怕”。播下龙种却产出了跳蚤的事儿并不少见。刘备的儿子是阿斗，刘邦老爹的身上也没有“皇帝种子”的坯子相。人的遗传基因大多是遗传生理基因，智力基因虽说也遗传，但自我开发智力的能力和兴趣就不遗传了。否则的话，华佗的后代就该是骨外科专家才对，鲁班的后代传到如今应该是土木工程师吧，最次也得是个木匠呀，鲁迅的后代不是杂文家总该会写小说吧，可事实上他们都没“精英”。

别说“精英”不遗传，有时连手艺都无法传授。老夫我的爷爷是个豆腐匠，可我却只会吃豆腐不会点卤水，到了我的下一辈连黄豆苗与冬瓜秧都分不出来了。别以为我家祖上是农民，一代就比一代差，就说那个没文凭的我爷爷吧，他可是能识别300多种动物、1000多种植物，甚至连哪种植物的叶面、根茎上爱招哪种昆虫他都一清二楚。这样的本事别说硕士了，连昆虫博士下乡考察时还得拜他为师呢。可是这个基因就没传我，我虽说还听过生物课，每期央视的“动物世界”都不落下，但到了知天命之年，还区分不好犬科、猫科的种类呢。

由此可见，即便智力有点遗传，可是精英都不是遗传的，而只能传授。我们如今的知识都是学来的，就像有的网友在网上说“精英并不都是精英生的”。只有皇帝能生皇帝，但并不一定都生明君圣主。

有些精英也是阶段性的精英，如刘翔，一届奥运会是“精英”，可后两届奥运会他不是精英呀。如果一个人一生“闪光”一次就算精英，那一生从不“闪光”的人还真不多了。就像早些年有人大代表在全国人代会上提出“博士可生第二胎”，被多数代表给否定了，认为这是新的“血统论”。现代医学早已证明精英生的孩子只能是精英的孩子并不是精英，也并非将来的精英。更何况如今假精英不比真精英少．鱼龙混杂，如果假精英也都借光生了二胎，生下一堆也会沽名钓誉的人，那可就天下大乱了。当然这是我假借“血统论”的论调扯淡。因为我心里明白，就是秦桧的后代照样出爱国将领，杨家将的后代照样有草包。

人都是社会的人，人与人在生命的意义上是平等的，“精英”与“平民”他们在人权、生命、生育权上的平等是法律所赋予的。别说如今这一脚能绊倒三五个的精英各行各业都有，就是诺贝尔文学奖获得者莫言的生育权利在中华人民共和国的土地上都应该一样，否则的话，就是践踏司法，用一个“法律”和“条例”对待不同的生命。持这种论调的人应马上脱离立法机关，接受法律常识的再教育才对。

» 投资就买救护车

救护车如今虽说是垄断行业的专用车，但我估计它前景不妙，其垄断性质岌岌可危。党的十八届三中全会改革的力度前所未有，允许民间资本投资的领域就包括医疗卫生这块儿。

如今有钱的人多，最发愁的就是没个好项目投资。老夫愿意把这一新发现无偿地奉献给那些急着发财一时还没找到好项目的大款们。老夫别无乞求，但愿把所有的垄断行业统统打破，形成竞争之格局，让普天之下的芸芸众生受益。

别看如今用汽车挣钱难，难得河南永城市一位跑运输的女车主因承受不了巨额的罚款，把农药都喝进了肚子里（央视12月1日报道）。这位车主小妹，老夫我奉劝你一句，别一棵树上吊死呀，你先做好准备，暂时蛰伏着，等待改革机遇的到来，咱这次买车就买救护车。救护车的好处是一目了然的，首先是道路行驶它有优先权，红灯绿灯不受限，过关越卡不交钱，比省部级专车还神气。当然，这些“特权”人们并不嫉妒、讨厌，人家车上拉的是病人，不是活鲜。救护车让人分外眼红的是它创收的效益不亚于贩毒，这就让无数靠跑车挣钱的人目瞪口呆了。

以收费合理、完全按照沈阳市物价局的收费标准收费的沈阳市120急救中心和平分中心的救护车为例，仅9公里路程就能创造出18项收费，合计1670元。按市区每小时20公里算，不到半个小时的时间，就完成18项的收费，这才叫时间就是金钱呢。

患者的家属质疑救护车收费，记者也质疑救护车收费，这就怪他们少见多怪了，人家救护车上的工作人员说了，“9公里收1670元的差老远了，最高的有3000多元的”。救护车上的马先生向记者出具印有辽宁财政监制章的“辽宁省急救医疗费收据”说：“我们可不是黑车。”可见这个收费标准绝对不是偶尔的一次，而是坚持多年了，一以贯之。

知道什么叫救护车了吧。当然，那个马先生说的3000多元一次的高收费，也不是天天都有的，是偶尔有那么一次，就被马先生拿出来瞎显摆。咱就按不高的9公里1670元，又完全符合沈阳市物价局标准的收费标准算，一台救护车一天24小时换人不换车，就算不多跑，跑个十多次还不简单吗，那就是一天2万多元，一个月一台救护车就可创收60万元，一年就是720万元。这个数字不会有水分的。连沈阳市120急救中心和平分中心站长陈铁强也认为9公里之内接一位心脏病的收费1670元并无不妥。

我数学不好，担心计算有误，再给他们一年创收的720万元减去220万元，按一台救护车一年创收500万元还是十拿九稳的。那么一位大款如果投资两台救护车，一年不就是1000万元的毛收入了？此项投资既是治病救人，又是积善行德，还有贩毒一样的效益，真好！就看下一步医疗卫生领域改革的步伐有多大了。

投资救护车的老板不要担心救护车要配备医疗专家抢救危重病人，救护车从创办至今就没在车上创造过医疗奇迹。所采取的急救措施一个普通医生就可完成，把患者安全、快速送到医院才是目的，这样普通的医务人员与医疗器具的配备是不用多大投资的，可收费却是天价，如此投资回报上哪儿去找！但有一点老夫要提醒投资者，一旦救护车不是公家垄断，放开经营了，就怕没了天价的收费，到那时可别骂老夫忽悠了您。

» 北京话证明语言是个势利眼

语言是个势利眼，以北京话为例就足可以证明了。

我们不离开普通话的“基础”之地，从北京往东南走，不过百多公里，到了天津，普通话就变味了。从天津再往北走不足200公里，到了唐山，就有点儿“不像话”了。从唐山继续北上到了锦州，普通话就说得侉声野调，完全不像话了。从锦州继续北上到了沈阳，“z、c、s与zh、ch、sh”就分不开了。可从沈阳继续往北，到了辽阔的黑龙江哈尔滨就完全变了，哈尔滨人一口标准的普通话，比北京人的通话还标准。因为那里是满族人的“老家”之一。今天北京人的普通话其实是满族人学习汉语之后清王朝的官话，而不是汉族人的普通话。

这让人想到距离北京有200多公里的承德人，他们就能字正腔圆地讲一口标准的普通话，比北京人讲得更标准，而承德周边县区的语调就千奇百怪了。承德人的普通话好，是因为承德一度是清王朝皇帝的避暑山庄，那里的普通话是满族人说的官话，接近北京话，又没有北京话的土味儿，是标准的清王朝官话。

承德作为清王朝的陪都、夏宫近300年，加之每年一次的木兰秋狝，使北京往来承德的人很多，除了皇帝带来的皇室宗亲、扈从大臣，还有满旗的八旗将士常驻承德，因此承德成为“旗人”相对集中的地方。满族人的官员都努力学普通话，而不是北京话。另外，东北、北京的商人、小贩、脚力等，他们迁徙到了承德，承德也成了东北、北京人的聚居地之一。由于不断地交流、同化，承德人一口标准的普通话就形成了。其实，汉族人古代的普通话并不是当今的北京话，而是当今客家人说的话，就像现代的古汉语大师不是北京人，不是陕西人，不是河南人，而是远离中心文化的广西客家人——王力。王力的家乡在广西的博白县，那个县有160万人口，百分之九十都是客家人。古汉语中的许多发音与当今客家人的语言发音相近，有些甚至完全吻合。

一切都时过境迁了，语言这玩意儿也是个嫌贫爱富的“势利眼”，连英国人的英语如今都不是标准的英语了，只有杂交的美国英语才是最好听的英语。好听不好听有时不是音律与调门，而是实力。美元硬过英镑之后，谁能说一口美国的英语就是时尚。按语音学家的分析，这世界上法国人的语言发声最优美，可却从没形成过世界性的“法语热”，或许是法国人闹暴力闹得过多，过于恐怖，株连了“优美”的法语！闹的结果就没好下场。字正腔圆的中国标准普通话历经数百年的普及，已经在中华大地形成一统，但也历经了波折。这些年，带头破坏标准普通话的就是那些引领时尚的明星们。他们绝大多数是可以字正腔圆地说话，可偏偏要拿腔拿调地说着港台的普通话，这完全不是因为港台腔优美，而是那里的时尚比大陆早了两步，可早走两步的时尚毕竟不是文化。随着中国经济的飞速发展，我们的传统文化也呈现出强势的走向，如今不仅人民币在世界坚挺，汉语在全世界也走红了。已有80多个国家建立了257所孔子学院和58个孔子课堂，有三千多万老外在接受汉语与中国文化的教育，可见语言也是势利眼吧！其实，这也说明语言是要吸入有大能量的群体声音才能发展自己的。所罗门群岛的语言是不能在全世界普及的，不是它的语音优劣，而是它的政治、经济、文化还不能形成扩展的实力。所以，我们对语言“势利眼”完全能够接受、理解。

附录——

如今我们所说的“京腔京味”说的就是“标准”的北京话。至于北京方言那是北京土话，是汉族、蒙古诸民族（乌桓、鲜卑、契丹）杂居时形成的独特语系，辽金元时代，大量少数民族以北京作为首都并驻兵移民，时间长达430年，北京官话加深了与阿尔泰语系的接触，并加强了与东北官话的联系，与汉语中原官话反而在政治上完全分离，处于开放环境中的北京官话发展迅速，成为方言内部分歧最小、语音结构最简单、保留古音最少的汉语方言，时称元大都话。朱元璋灭元把蒙古人赶回草原，其他居民全遣送开封，然后由山西、山东、河北、云南、江南大批移民到北京。四方移民杂处，北京话已不是元代大都话，而是带河北味的中原官话。官场办公的官话是河南式的，但明代大官多来自中原官话区东部——江淮官话区，可能还有南京话的影响。朱棣移都北京也会提高北京官话的地位，但官话标准真向北京转移，还是清代中期以后的事，当官的逐渐向清朝皇帝的话看齐了。明代北京话不是元大都话的后裔，底子是中原和河北的官话。满族人进京又赶原住民于外城，旗人住内城，今天北京话是东北旗人话和明代北京话结合起来的，东北味儿很重，听东北话声调就比天津话还更近北京些。清夏仁虎《旧京琐记》说京师“言庞语杂，然亦各有界限。旗下话、土话、官话，久习者一闻而辨之”。

北京的这三种话本有区别，官话原不同于北京土话、旗人话，后来这三种话以官话为中心结合起来，成为普通话语音的基础。北京话也有文读、白读，文读就来自旧标准音。清代初期读书人还坚持读书旧音，后来坚持不住，要学当朝皇帝的话了。对全国官话标准来说，北京话的地位是到清中后期才提高的。民国时教育界已提出以北京音为国语标准音，但当时的教育部未批准，到1955年全国文字改革会议、现代汉语规范问题学术会议才确定下来，使北京语音正式取代中原雅音的汉语标准音地位。所以当下人们所说的“京腔京味”就是北京的普通话，而不会去想使用的人更少的北京土话。

» 职业的冷热不是人的势利眼

鉴别一个社会的职业好与不好最简单的办法就是看愿意去干的人是多是少。例如当下，人们最喜欢的职业为公务员，最不喜欢的岗位是农民工。不信咱们让央视记者到街头去搞个调查，你问100个农民工：——“你是喜欢当公务员还是喜欢干农民工的活？”如果真有一个小子说：“我喜欢干农民工的活儿。”那我就管他叫爷爷，谁让我放屁闪了腰——就赶在点儿上了。

但有数理的统计足以保证我没有当孙子的可能，2014年国考日前刚刚结束，这场被称作“中国第一考”的考试，报名人数已由1994年的4400人，增至此次的152万人，20年间涨了344倍。竞争比例也由1994年的9：1，提高至2014年的77：1。这就说明公务员的职业目前在中国职业中为第一热门。

把某一职业弄成第一受欢迎或弄成最不受欢迎不是职业存在优劣，完全是体制的设置造成的。例如，在政教合一的国度，神职人员最被看好，在文艺复兴时代，艺术家、诗人地位最高，在我们的“文革”时代，谁的学历低、成分好谁就是无产阶级政权最可靠的接班人。而当下，谁的职务高，谁的待遇就高。官员的职务都是给公务员准备的，不是公务员，你就是道德美好、心地善良、才华出众，甚至流血献身也不行。最美教师张丽丽为了救孩子断了双腿，受到中央文明委的表彰，佳木斯市委任命她为残联副主席，由于张丽丽不是公务员，还引发了媒体的争论，说她被提拔不符合干部管理条例。

所以，一些被国人称为能工巧匠的岗位，总是缺人，缺到了东北那些老国有企业的技术工人退休后到了长三角依然是宝贵人才。可当下家长们就是不愿意让自己的孩子报考职业学校。不考试、不花钱去读也不愿意。这其中的原因绝不是当下的家长傻帽，而是他们太聪明了。技术员每月挣3000元要在车间的生产线上每天奋战8小时，可一个政府部门的副科长每月4000元是干着各种行政工作，哪个舒服？哪个更有面子？谁都明白。

如果我们的体制设计，把政府的各种审批都改成服务，谁服务的不到位，谁就被免职、被换岗。政府是真正的公务员，也实行聘任制，让他们的收入低于能为社会创造财富的人，也低于纳税人，为官就“官不聊生”，当然不是不能生存，而是让科长的收入低于普通的技术员，低于教员、医生，甚至网络维护员，那么报考公务员的人还会竞争到77：1的程度吗？

在欧美，公务员的岗位从来就不是个热门的职业，职业的荣誉性大于利益。特别是市长、镇长之类区域性的官员都有公益性，只有那些具备奉献精神的富人才愿意去干。所以，在欧美不是富人为官，一定是官不聊生。

» 富而不贵就是土豪

土豪的老母是暴发户，暴发户经过了市场的摔打，与形形色色之人过招之后，知道了商海沉浮的钩心斗角，懂得了官场的游戏规则，体悟了社会的人情冷暖，学会了在星级酒店里装范儿，知道了在高官面前谦卑，也装着能给漂亮的女士让路，对着镜头也能给慈善事业捐款，可不知为什么，这些土豪还是得不到文化人的尊重，甚至连土豪也不希望自己的子女将来还是个土豪。

我们身边有钱的人很多，但是我们尊重、敬仰的名单上并没有这些人的一席之地。有人总是错误地引用休谟在《人性论》里讲过的一句话，“没有什么要比我们因为一个人的权贵和财富而对他尊重更为可能的事情了”。既然人人都尊重权贵，为啥皇帝的家天下还会有人去颠覆；既然财富令人尊敬，就不要对公司的垄断进行限制，谁的财富越多，我们越尊敬谁吗！

人们尊重权贵，尊重富贵，前提是你要“贵”，没有“高贵”的权力只能让人敬畏；没有“高贵”的富人也会让人“心动”，但那不过是嫉妒、是恶心，是巴不得他倒霉。秦始皇、朱元璋、希特勒、东条英机哪个人能被人尊重？他们的权力比任何一个人民推举的领导者都大，但他们的权力是笼子外边的野兽。

权力是这样，富贵也是这样，走出国门的富人更知道，无论你是投资者还是旅游者，都是老外眼中的富人，可是持中国护照的无论是有钱之前，还是有钱之后依然是被刁难被盘问最多的人。带了大量现金的中国人经常被当成傻帽而挨偷，违规采购东西在出关时被罚没，很多世界名胜建筑前，醒目的中文提醒着“请不要拍照，大声喧哗！”“请不要随手触摸，留言！”“此处不可抽烟！”“请随手冲洗厕所。”这是对富人的尊重还是鄙视？

我们富了，但不“贵”，我们所做的一些事情恰恰是低俗的土豪所为。看看那些富人的手机号、车牌号，甚至临时下榻酒店的房间号，都是要多花钱的吉祥号；看看富人的一身行头，就是个聚宝盆，这些人无论多富也不高贵。没有“贵”的教养在身的土豪就是把他的财富给我一半，我也是只感谢他八辈祖宗，但不会尊敬他三分钟。

什么样的人才有高贵的灵魂呢？一定是有爱人之心的仁者，是懂得悲悯情怀的智者，是敢于坚持正义的勇者。这样的人，即便身无分文，手无寸权一样让人仰视。比如在狱中度过大半生为争取种族平等的南非前总统曼德拉；如一生主张非暴力与殖民者斗争的甘地；如住在茅草屋中两袖清风还忧国忧民的杜甫；如连习近平主席都要向他夫人致敬的老将军甘祖昌，这些人能被全世界的人们尊重就不是因为他们有权力、有财富。

如今有钱的人越来越多，可有些人并没因财富而变得高贵，反倒给自己戴上一顶顶没有光彩的帽子，从“万元户”到“暴发户”，从“土鳖”大款到“土豪”富人，都是贬义的称号，这不能完全怪人性的邪恶吧。像马云、柳传志、牛根生、俞敏洪这些成功人士就没人称他们是土豪。

从整个人类的发展史来看，高贵都是被人们最看重的价值，被看得比生命还重要，只有我们一度视高贵者最愚蠢。世上最可恨也最可悲的就是一些有钱有势的精神贱民成了人们崇拜的对象。

所以，当下无论是党的主流舆论，还是民间的草根声音都在向人们呼唤：人啊，你要有善良的爱心、美丽的心灵、高贵的灵魂，这样才是顶天立地的人。

我们虽说不主张“打倒土豪”了，但我绝不羡慕“土豪”。

» 让退休的官员变成企业的隔夜茶

退休的官员首先是人，与公民享有平等的尊严与权利，法律没有禁止的事情他也可以干。但官员作为我们行政体系中的执行者，在某种层面上又代表着政府的形象。中国历朝历代的官员都要倡导做道德的楷模，你可以平庸，可以无为，但不可无德，而中国人最大的无德除了卖国求荣，就是贪得无厌，欲壑难填，伸出去的手总是不想收回来。

国外的民主国家更是这样，每个公民的个体行为只要不是违法的，都受到法律保护，但国家公务人员除外。政府官员要是在企业兼职，或做了顾问之类的虚职都要遭到质疑，并马上自己辞职。当然，在夜总会把守大门除外，美国高地市的市长一度因“官不聊生”，下班后为一家夜总会把守大门，即便那家夜总会因跳脱衣舞被查处，那个市长也没受到牵连。如果那个市长要是给夜总会当了营销顾问，麻烦就大了。秃子可以“摸”的，和尚不许乱“摸”，和尚“乱了”，经文诵给谁听？

日前，经中共中央批准，中央组织部印发了《关于进一步规范党政领导干部在企业兼职（任职）问题的意见》，提出凡按规定经批准在企业兼职的党政领导干部，不得在企业领取薪酬、奖金、津贴等报酬；兼职不得超过1个；连任不超过两届；兼职的任职年龄界限为70周岁。

该《意见》规定，“现职和不担任现职但未办理退（离）休手续的党政领导干部不得在企业兼职（任职）”；同时规定，“辞去公职或者退（离）休后三年内，不得到本人原任职务管辖的地区和业务范围内的企业兼职（任职），也不得从事与原任职务管辖业务相关的营利性活动”。

中组部的这个决定让某些官员感到自己除了要面对法律的约束之外，还有更多的“清规戒律”束缚，自己失去了“自由”。

要是放任官员的“自由”，这些身上有余威的官员，就会来一个“华丽的转身”，发挥他的“磁场效应”，把他在职时的“人脉”关系嫁接到企业的经营往来中，形成企业之间的不平等竞争，有悖市场公平的原则；这些官员还会把自己在位期间“不谋其政”，帮助企业办了违背原则的好事一并回收成“感恩费”了。退休后任职该企业，作为一种变相的“回报”，相当于一种“预约受贿”。容忍这些人重新到企业挂职、获得高薪，势必形成公众和官员之间的对立，滋生腐败。

早些年，不论国家法律还是党内规章对领导干部退休后的任职行为都有相应的规定。可这些规定中的条款，如“业务直接相关”等，可判定性不强。事实也证明，早些年的那些规定都很难判断与操作。

我觉得中央组织部这次《关于进一步规范党政领导干部在企业兼职（任职）问题的意见》比中纪委、中组部在2008年下发的《关于退出现职、接近或者达到退休年龄的党政领导干部在企业兼职、任职有关问题的意见》中规定的“退出现职、接近或者达到退休年龄和在地方换届时不再提名尚未办理退休手续的党政领导干部原则上不得在企业兼职，一般也不得安排到企业任职”，要更严厉，更好操作，只要各级党的组织部门认真执行，就能管住那些“七老八十”还贪恋发挥余热的老公务员。快点让这些企业的香饽饽变成三伏天的隔夜茶吧。

» 坏人的金子不算财富吗

我们设想一下，如果把小偷偷来的钱，把贪官不是正道捞到的财富，统统烧毁，你想有这样的废人吗？当然没有，再愚蠢的人也知道“坏人的金子也是财富”，不会那样干的。统一销毁与烧掉的只能是毒品、劣质产品或非法出版物，而不会是“不干净的财富”。

连当年日本鬼子屠杀中国人的枪炮被我们缴获后都如获至宝，不是去销毁，而是拿来为我所用，还高唱凯歌，“没有枪，没有炮，敌人给我造”。如今，还不是敌人的违法分子给我们送来了比“三八大盖”、“王八盒子”还好的东西，而我们却不仅不要，还要烧毁它，你说这是为啥呢？

2013年10月19日《燕赵都市报》报道，武汉交管部门、财政部门在8个停车场联合集中销毁无牌摩托车、套牌机动车共465台，其中摩托车443台、套牌轿车22台。这其中包括卡宴、奔驰、路虎等名车，价值4000多万元。交警介绍，这些车辆全是走私的套牌车，上路后被查扣。由于走私车无法上牌，经公示后，无人认领，就集中销毁了。

销毁这些车辆，就是销毁4000多万元的财富，我有些不可理解，是因为我们富了，看不上这点儿东西了呢？还是我们的精神洁癖了，接受不了这些走私车呢？当然不是，我们抓个小蟊贼从兜里翻出个偷来的“山寨苹果”都要登记、上缴，而不能一锤子捣碎了事。可武汉市就能一把火烧掉4000多万元的财富，说好听的是“大手笔”，说不好听的就是“傻子放火不怕事儿大”。

烧掉的理由是：这些“走私车无法上牌”。这样的理由让人不可思议，走私车也不是武汉才有，全国各地每年入境的走私车多了，我们都烧毁吗？既然不能都烧毁，就要为缴获、罚没的走私车制定补充的条款。这个条款是要有利于国家，而无利于走私的人，谁愿意干走私汽车这件傻事就让他做下去，看他有多少资金能把自己做大做强，还是把别人做强做大。

如今武汉采取一把火烧掉的做法就太简单、太傻帽了，走私汽车毕竟不是“伪劣汽车”，存在交通隐患，只要我们给它正当的手续，落户之后无偿拨给慈善机构或福利院就行了嘛，为啥要烧掉？就像非婚的私生子也是好孩子，不能因为生孩子的人违法就不给孩子上户口吧。

再说了，4000万元不是小数目，足够为一个贫困县1000名公务员开一年的工资了。公务员浪费一桌酒菜有人管，烧掉如此数目的财富还要算“打击走私”的有力行为，这不是“点灯的算浪费，放火的算照亮”嘛！

不能因为它是资本主义的苗，就不算庄稼了，走私的东西，也是东西，走私者违法，有法律严惩走私就行了，被走私的东西本身并不违法呀，你惩罚它干什么？照此原理，我们被走私到国外的文物，国外海关部门罚没之后也一把火烧毁它，那样，我们就没法追回了。

好人的金子是宝贝，坏人的金子也是财富。“走私车无法上牌”是我们自己给自己系下的一个死扣，我们没有智慧为自己解开这个扣子就拿财富撒气，那只能说明自己无能。无能者执政干出的蠢事，有时比“敌人”的阴谋更具破坏力。一把火烧掉4000万元，不是好人所为，哪个坏人能干成。

» 再好的刀口药也不如不拉口儿

国人好习武，磕磕碰碰、跌打损伤在所难免，于是成就了无数的江湖郎中，刀口药应运而生，并久负盛名。灵芝草，不好找，刀口药，不稀缺。所以，国人生平不怕肉身拉口子，无论你是刀、枪、剑、戟，还是斧、钺、钩、叉，只要是硬伤，撒上我这祖传的刀口药少许，就可止血、生肌、收口、数月痊愈。

久而久之，就形成了国人的“刀口药”文化，兵来将挡，水来土掩，这或许与中华民族远古时代的“精卫填海”、“女娲补天”的民族精神有关，不怕招灾惹祸，就怕没人补锅。锔锅、锔碗、锔大缸，锔得小盆不漏汤，不怕窟窿大，就怕没补丁，“补救”虽说不是“原创”，但还算手艺嘛。

如今，我们的价值理念依然是不怕遭灾，就怕没人救灾。各级政府都练就了救灾的好本事，救灾，能力最强、反应最迅速、办法也最多。我们的救灾能力远远大于防灾的本事，这就像兜里有了刀口药，就不怕身上拉口子了。

其实，只有拉了口子的人才知道，再好的刀口药，也不如不拉口子。拉口子容易，封口子难。遭罪受苦并不是灵丹妙药能药到病除的，口子不拉在自己的身上，都是站着说话不腰疼，治愈口子的过程永远大于创伤的瞬间。

就说京津冀地区的雾霾灾害吧，让我们的生存环境面临着一道大口子，为了治愈这道环保的硬伤，地方的刀口药也没少往上撒，可就是起不到妙手回春的效果。近日中央财政又安排50亿元资金，全部用于京津冀及周边地区六个省份的大气污染治理工作。可这50个亿对于治理京、津、冀、蒙、晋、鲁六个省、区、市大气污染究竟有多大的效益？真的难说，因为大气不是“围堰湖”，抽干了污水换新水就成了，大气是与宇宙连为一体的。治大气污染只能先治理了污染的企业，污染企业在京、津、冀、蒙、晋、鲁六个省、区、市可谓星罗密布，都能实现达标排放那是天方夜谭，只能实行谁不达标排放谁就停产关闭。如果真能说到做到，那国家、企业、股东们的损失就是天文数字了。多年来国家、地方政府、企业所积累的财富估计也都得搭进去。

这有点儿像一个人挖了一个坑，栽上一棵树，树终于结果了，可果子不能吃，这个人如今还得挖掉这棵树，填埋这个坑，好几年闹个白忙活。要是把治污工作做在投资与生产之前，就等于一个人的身上没拉口子，也就不指望谁有好的刀口药，你说这多舒服。

2012年我们的防洪减灾工作，就做到不拉口子，也不指望你有好的刀口药。这一年全国重要堤防无一决口，大中型水库无一垮坝，全年防洪减淹耕地2217万亩，减免城市进水91座，防洪减灾效益达506亿元，洪涝灾害死亡人数降至519人，为自新中国成立以来死亡人数最少的年份。解决了2055万城乡居民因旱临时饮水困难，完成抗旱浇地3.2亿亩，抗旱挽回粮食损失465亿公斤。

这些伟大的不拉口子的做法就在于2012年之前我们各级政府自觉地意识到了“防灾有效益，救灾有支出”这个理，把钱花在了“不拉口子”上，节约了刀口药的钱，还保证了让身体没有“硬伤”的汉子能持续地创造财富。

可到了2013年，思想上又麻痹了，觉得防灾的投入是政府花的，防灾的效益别人得，政府觉得有些“吃亏”，于是见好就收了。结果今年就是水漫城市，雾锁华北。这些生存环境上的大口子你有再好的刀口药也难治愈了，只能忍着痛，等待花更多的银子请良医吧。

» 为官气“放气”

官员本身就有组织赋予他的权力，他可依仗着手中公权拍板、决策，左右时局变化，改变一个人的命运甚至一级组织、一个公司的前途，这样的官员，自然就会让人生畏。除非这个官员像铁路警察，只管他那段，不管我这片，你就不会再敬畏他。如果这个官员就是你的直接领导，他又沾染上一身官气，他就成了让你讨厌，但又无法躲避的“丧门神”了。

老百姓喜欢没有官气的官员，可这样的官员稀缺，有句俗语叫“谁是蝎子谁叮人”，用在有些官员身上比较贴切。官员的职务是上级任命的，谁任命的官员谁才能掌控他。官员在任命他的组织与领导面前就从来没官气，甚至连大气都不敢喘，在强权面前矮三分这不是什么耻辱之事，就看你矮下来之后想干啥。焦裕禄做县委书记时没官气，全身土气、农民气，他在兰考老百姓面前自矮三分，他看见兰考人民过的苦日子，觉得内心有愧，他害怕对视老百姓那期盼的眼光，他敬畏人民对他的信任，所以人民在焦裕禄身上看不见官气。只有焦裕禄向上级反映情况、汇报工作时，他才有了“官气”，为老百姓争利益时，他县委书记的一身官气就展现出来了。

古今中外有官气与没官气的官员都有，官气与官威不是个好东西，大家会“一致”认可这样的结论。因为官气与官威真的是没有一丁点儿的关系。就以美国总统奥巴马为例，他在与幕僚一起看拉登被击毙的那个瞬间，自己被挤在一个角落里，坐着一个小马扎，他的部下则高高在上坐在沙发和大转椅上，占据中心的位置。这样的画面在我们的排位学中，奥巴马就是个“受气包”，但在美国不是。别看总统的官气被挤没了，官威尚存。奥巴马一转身，他若是以总统的角色说话，照样一言九鼎。工作闲暇，美国总统在他的幕僚面前就没有官气，那是因为官员为美国政府做事，公权不能私用，以职务的角色向下级“打个招呼”办点事情也不灵验，当总统的部下与不当总统的部下都不会飞黄腾达，也不会一人得道，鸡犬升天，那里的官员只能是一个依法行政的公务员。

我们的官员如果也按章办事，个个也是好干部，也没有官威可耍。但有些官员就违背法律决策，背离党章做事，你还拿他没办法。比如，市委书记就能扇副市长的嘴巴子，王立军也能一脚踹倒党组织任命的处级秘书，这样的官威比恐怖组织的头领本·拉登还霸道。

为啥这些官员都官气十足、匪气满盈、脾气火暴，在市委书记的眼中，副市长就是我的家奴，我不提拔你，你就是地方的小局长，我的青睐才让你成了副市长，你做事我不满意，我耍点儿官威这还不正常吗。

市委书记再牛，他咋就不敢打街头卖白菜的那个农夫，因为你的官威管不着他，但城管的威风就让小商小贩惧怕了。

官威于官员就是个魔鬼，魔鬼附体的官员早晚也要转化为魔鬼，能为这些魔鬼附体的官员驱鬼的好办法就是让官员“走群众路线”，别让人民群众成为评判官员有无政绩、有无官气的空架子。如果人民群众的评判权真有效，那么就在100分的干部考评中拿出10分的考评权给人民群众，官气也就不会“十足”了，可如今哪个群众能有这样的权利与资格？

走群众路线可灭官气，但光倡导理论不行，要有具体的办法，具体到群众每一次说“不”的时候都见效。否则，群众都知道某某官腐败了，可他就是在人民群众的非议与质疑中再一次“遭”到了提拔，这样的官员在群众面前要是没有官气那才怪了。

» 从“坑”字词性的演变看腐败

老夫我大半辈子天天与汉字过招儿，可对“坑”字却有怠慢之处，从没想到“坑”字从幕后走到了前台，从一个默默无闻的名词摇身一变成了一个惊天动地能害人的动词。“土”与“亢”的联合，表示的是“土地中有没扣盖的管道”。可自从暴君秦始皇干成了焚书坑儒这件事之后，“坑”就成了动词，就是祸害，就是蹂躏，就是让你活得水深火热的一次行动了。

就说这近些年的坑爹、坑儿事件吧，无论是爹是儿，不管你是上一辈儿，还是下一辈儿，不用“进坑”里，贴近“坑边”，都招灾惹祸了。

被坑的爹，多为干爹，但被坑的妈，都是亲娘，还很少有不是亲娘被儿坑的，在与坑与没坑的角逐中，好男都斗不过孬女。一个个干爹被坑，不是干爹无能呀，而是干爹色胆包天了。

凡是能给有姿色资本的“三姑娘”当干爹的男人毕竟不是等闲之辈，老夫我等到了耳顺之年，连一个半老徐娘也不认我为干爹来“坑我一点儿”。你不肥沃，人家咋好挖坑，没有坑做陷阱，咋能坑你，可见被坑是要有资格的。于是干爹们情场被坑，商场找平，干女儿坑我，我再坑大款。于是就出现了中国商界、大款被坑的事件一件接着一件来。牟其中、杨斌、仰融、周正毅、顾雏军、唐万新、周小弟、田文华、兰世立、黄光裕、黄宏生、李途纯……这些想当初也艰苦创业的企业家们如今都被坑得完蛋了。连一些乡镇饭店的小款们也有的被乡镇小干部们给签单签倒闭的，把这类事件也算到“坑”之列不知够不够格。

据不完全统计，近十多年来，至少有上百名有影响的民营企业家被坑落马。其中担任过全国人大代表、全国政协委员职务的至少有15人，福布斯或胡润百富榜上榜富豪至少有23人，曾获全国劳动模范、全国五一劳动奖章、优秀民营企业家、三八红旗手、风云人物、杰出青年等荣誉的超过40人，身家过亿或者号称身家过亿的富豪过百人。这些人都是商场里的杰出精英，他们避开了亚洲金融风暴，躲过了美国的次贷危机，扛住了欧盟的贸易制裁，挑战着国内市场的假冒伪劣，可就是这些叱咤风云的大款，却倒在一些官员的脚下。“死”得窝囊又无奈！

别以为是这些大款自作自受，谁让他们攀附权贵，拿钱行贿了。可谁都知道，一些官员直接掌握和控制着土地、矿产资源、税收优惠、行业准入等一系列重要经济资源与制度资源，企业家的经营活动对官员权力的依赖就是“采花才可酿蜜”的关系。这正是产生官员犯罪和企业家犯罪的重要原因。这种伴生并存的表现，一旦官员倒台，企业家们也跟着被坑，成了贪官的“殉葬品”。

联想集团原董事局主席柳传志此前在接受媒体采访时，表达了一种保守、悲哀的态度，“中国的企业家是很软弱的阶层”。他说：“我只能服从环境，大环境改造不了，你就努力改造小环境，要是还改造不了，只能好好地去适应环境，等待改造的机会，改革不了赶快脱险，不在改革中做牺牲品。”

倒下一个贪官就倒下一批企业家，这个耻辱的页码不早点儿掀过去我们的公权就无法干净。我们的企业也难以找到公平竞争的环境，失去公平竞争，就丧失了市场，一个丧失市场的企业还能在市场中如鱼得水吗？

更何况企业家也一定要保有企业家的独立人格，过去创业没有钱，肚子也饿，有时候做点下三烂的事情也是有可能的，但是现在衣冠楚楚，在这个时候企业家要考虑到尊严和人格，不为钱财再去低头哈腰了。

» 不留作业就留后遗症

教育部日前出台十条“减负令”，规定“小学不留书面式家庭作业”了。小学生们高兴得到处奔走相告，欢呼声一片。可家长的反应则是，云山雾罩，喜忧参半，支持的明显没有担忧的多，甚至有家长怀疑“这能坚持长久吗”？

是的，我看这事也有点儿悬，大部分家长之所以质疑，就是因为这个规定不现实，就像如今对官员的考核，说是不把GDP放在首位了，可是哪个地方政府的主要领导要是真的敢放缓GDP的增长，把主要精力与工作重点放到环保、文化、教育、卫生上，谁在仕途的晋升上就要“吃亏”。

连体育比赛也是如此，国家体育总局一再要求教练员为了运动员的身体健康，不能超负荷训练，可哪个教练员、运动员执行了？运动员如果只接受教练带领的训练，其他训练一概取消，那金牌就难拿了。体育比赛论的是输赢，你不刻苦训练你就不会有好成绩。这个基本常识是“规定”改变不了的。

学生考大学论的就是分数，分数不上线，你就是能解读黑格尔、读懂《易经》，也没有大学录取你。学生的分数是咋来的，就是要靠大量的作业题训练出来的。小学生的学习自觉性尚未养成，要是不留家庭作业，孩子们当然是开心死了，他们不会再主动多做一道题，可是谁能保证有些学校、有些老师、有些家长不按规则出牌，他们照留不误。这样被留作业的孩子在答题、解题的能力上就要强于放学没有作业可做的孩子们。在小学就拉开的差距到了中学就很难追上，这就造成“横杆面前不能人人平等了。”

教育部最终的考试方式不变，你想让老师、家长们放弃家庭作业的训练方式，那能办得到吗？

对付应试教育，最方便、最见效的办法就是做老师布置的五花八门、千奇百怪的作业题。就像训练飞行员，只有小时数达到了，才算熟练、合格。飞机的飞行模式不改，你能说培训飞行员可以减少小时数吗？如果今后的飞机都换成无人驾驶，那才可以不用再训练飞行员。

中考、高考都在考试题、论分数，小学阶段谁敢不重视家庭作业？如今的家庭作业不仅是孩子学习的重要一环，有条件的家长还请来家庭教师帮着辅导学生，没条件的家庭在寒暑假都要让孩子参加各种各样的辅导班，这都是加码的家庭作业。如果谁要是真的执行了教育部的规定，谁就留下“后遗症”，谁在今后的中考、高考中一定吃亏。

要想取消小学生的家庭作业，必须在中考时取消试卷性质的考试，起码要把试卷性质的考试分数减到一半儿，另一半的分数由考评学生的综合素质来组成。考评现在高校里正在热推的“通识教育”，把教育的目的真正落实到养成性的人格教育、实践性的价值教育、超越性的心灵教育。可这样的教育方式在目前的教育管理模式下是无法推进的。所以，取消小学生家庭作业一事教育部可以缓一缓！

» 狗尿苔长在金銮殿它也不是灵芝草

北京和江苏从今年10月起，将试行把奶粉放到药店里卖。这一做法得到国家九部委的一致认可，并联合发布相关意见：“下一步将实行婴幼儿配方乳粉专柜专区销售，试行药店专柜销售。”还决定从2013年到2015年两年半时间内，将完成初步奶粉进药店发展的三个阶段。

奶粉问题本来就不是个高科技的问题，可我们还是把它当作技术问题来处理。以为像生产药、管理药一样就解决了奶粉的质量问题了。事情真的如此吗？我们知道种无公害的蔬菜，谁没知识，谁不懂科学技术，谁就不敢乱用化肥与农药，谁种植的蔬菜就会产量不高，但绝无公害。就像50年前我的老家内蒙古科尔沁右翼前旗就有一家乳品厂，设备简陋，技术落后，连一名学过乳品生产的大学生都没有。从上海益民食品一厂（江泽民时任厂长）请来了两位老师傅带着当地的几名徒弟，半年之后就让徒弟独立生产了，师傅是要回上海的。产品除了卫生指标有过问题之外，其他问题从没出过。那时候，你就是想往奶粉里添加一些其他成分，不仅师傅们不会，主要也是没有“其他成分”可加。草场是原始的，奶牛也不吃着生产线上的饲料，奶牛与人喝的都是一条河里的水，想找个污染物都没有，草原上的工业污染就是煤油灯了。

如今中国的奶粉有“病”了，不是“技术”落后，而是从种草的开始就太强调“科技也是生产力”了。草场从种植、养护、收割、加工、储藏，每个环节都机器化，每个步骤的生产加工都要有“技术”的介入。奶牛吃的草、饲料本身就不再是无公害的了，这样的奶源再经过收购、运输、储藏多个环节，人人都怕自己这道手续出现变质问题，也不断采取“技术进步”，奶粉生产厂家更是不断加大“科技含量”，这样的牛奶变成的奶粉其成分就被“篡种”了。

从源头上把住草场不被污染，这样的监管我们目前能做到吗？别以为外国人把奶粉放到药店里卖是解决奶粉质量问题的诀窍，那是人家。我们的药品从来就在药店里卖，药的问题也不比奶的问题少吧。只不过药是给病人吃的，吃了不见效不是药没疗效，是你的病难治。奶粉不行呀，人家的好孩子，被你的奶粉喂出毛病了，这事没法遮挡的呀。2012年广东省食品药品监督管理局发布的第一季度广东药品质量公告显示，全省共完成药品抽检736个品种、2577批次，其中88个品种215批次不合格，问题比奶粉还多吧。药店对证照齐全、有合法身份的药品都无可奈何，换成卖奶粉，药店就长了本事，一下子成黑脸包公了？“打一枪换一个地方”保护的是自己，消灭的是敌人，奶粉不能玩这个吧？

狗尿苔长在金銮殿它也不是灵芝草，问题奶粉拿到药店卖，它的成分、指标也改变不了。药店也不是行政管理与技术监督部门，药店就是商铺，如今的方便面、矿泉水、干果、电饭锅、保温杯不早就进药店卖了吗，这与产品质量的本身并无关系呀。

不在监管、监督、查处等体制上实行彻底的改革，总是考虑奶粉生产是个“技术”问题，就无法从根本上改变奶粉的质量，奶粉进药店不过是个心理安慰，不是制度上的改革，没人看好！

» 奢靡是基因中的病毒

我们不要指望一个位高权重的人靠自律就能摒弃人基因中的病毒——奢靡。之所以有人有条件奢靡，但还能拒绝享受，那是因为他找到了比奢靡更迷他的事情干。比如，宋代做过宰相的司马光“众人皆以奢靡为荣，吾心独以俭素为美”，这样的人是个例外。司马光是大学者、大学问家，他的一部《资治通鉴》让他在任宰相之前就誉满天下了，他的聪明与智慧决定了他知道什么更能给他荣誉与满足，他只有俭素了心里才美，这样的人要不是个例，别的宰相咋就做不到！

多数人是无法靠道德的净化系统处理生命基因中的病毒的，人必须彰显自己“出类拔萃”的一面才舒服，就像鸟儿啼鸣、野兽吼叫、孔雀开屏、雏鹰展翅，不把自己与众不同的那点能耐嘚瑟出来就得憋死。人类进入文明社会之后，不能再显摆块头大、力量足、羽毛靓了。谁占有的财富多，谁掌握的权力大，谁有智慧，谁就是大王，这个大王虽说不是占山为王的首领，但也是让同性嫉妒、异性羡慕的“成功人士”。如何体现自己的成功呢？

不能像司马迁那样有学问，不能像鲁班那样有智慧，不能像诸葛亮那样有美德，那么，拥有财富、支配财富的权利也一样让大众向往、追捧，这就让我们生命基因中渴望虚荣的病毒得到了激素的滋润。

奢靡的生活除了满足生命动物性一面的舒服之外，更重要的作用还是用于显摆，满足的是虚荣，没有他人的关注，奢靡也就没了意思。就像让一个人在一座孤岛上生活，他就不在意戴什么表、背什么包、扎什么牌子的领带了。身体需要的奢靡总是有限的，精神需要的奢靡可就没了头儿了。皇帝后宫佳丽三千，能生下小皇帝的却没几个，可皇帝有了奢靡的念头，那就是“阅尽人间春色”也满足不了。拥有多少财富，支配多少奴才，享受什么样的奢靡，是他的地位高低、权力大小的标识。

不要指望一个人有了奢靡的条件也能像司马光那样以俭素为美，一个人只要他花的钱是他自己劳动所得，就不要限制他的奢靡，只要不违法，他随便奢靡，看看是他的财富摆平了市场，还是市场吞没了他的财富。连华尔街都不敢拿奢靡博弈市场，还有哪个胆大的奢靡兔子不怕市场这条野狼的。奢侈品就是市场给向往奢靡生活的人准备的一个圈套。指望那些一分钱也要掰成两半花的人拉动消费、刺激生产，那大家最好的日子就是喝豆浆了。玩一把虚荣，想喝一碗倒一碗，嘚瑟一下都不敢，那要花100个一分钱呢，花得起钱，掰不起钢镚呀。在市场经济社会里，赵本山有私人飞机，李嘉诚有游艇都不会“祸国殃民”，但是公务员出行坐头等舱，接待上级领导吃山珍海味就是败家子儿了。

可如今拿着公款享受奢靡的官员并不少，他们花天酒地，醉生梦死，我们指望他们也能像司马光那样以勤俭为美是不可能的。这些人都是天庭的宠物，只有他们兴风作浪过分了，摊上大事了，玉皇大帝才派个神仙把他们收回去。但用这样的办法杜绝公仆花公款享受奢靡生活的效果不佳。最好的办法就是把天庭的宠物变成人间的孺子牛，鼻子上给他打一个孔儿，孔中再穿进缰绳，把缰绳交给人民，这样连牛魔王到了人间他也不敢过奢靡的日子，只能老老实实吃草料，还要耕田拉车，为人民服务。

有力量强制官员不奢靡了，民众才会节俭。中国自古讲究“凡上者，民之表也。表正，则何物不正”（孔子），强调要警惕“上有所好，下必甚焉”（孟子）。政府公务员是社会的表率，党风影响民风。任何时候，党的干部若不能带头勤俭节约，就不可能带领人民团结奋斗；若是大手大脚、铺张浪费，则必定带坏社会风气。

» 声音是有温度的

几天前，我们单位一个晚辈同事敲我的办公室门，进来后问我："我给你发了短信，不见您回复呀？"我说："对不起，我没听见，有啥事你说吧。"可她却说："您还是看短信吧。"说完就告辞了。我打开手机短信一看，原来是她老爸从杭州来看她，她的老爸也是我多年的文友，想今晚聚一下。你说这傻孩子，本是个有温度的事儿，就不能当着我的面多说几句话，一个楼层办公，还要发个短信，多寒凉！

晚上在饭桌上那孩子也是很少与我们交流，只顾低头看手机。我知道那上边有QQ、有微信，全球之内发生的新闻她瞬间就会知道，她五湖四海的朋友与亲人只要愿意，彼此可以随时联系、说话，前提是她要时刻保持"低头状态"。

当下的年轻人彼此在告知某件事情时，好像不爱说话了，连电话都懒得打，发个短信，在微信或QQ上留言，觉得这样更简便，还省去说话时的客套与礼数，真正做到要言不烦。

声音是省下了，却多了寒凉。不就是多说几句话吗？它不会浪费我们多少时间呀？更何况人们的时间多数时候并不是金钱，并没什么意义价值，在垃圾信息成灾的当下，少知道一件事儿，比多知道一件事情，就是少了无聊。可人与人彼此的说话就不一样了，当声音是一个人对一个人的表达时，那就是生命气息的音频与节奏。一个人专门说给你的话是有温度的，就算是说给公众的声音，也比一条标语更有热的能量。

深圳戏剧家协会主席、诗人从容女士在去年北海诗会期间到涠洲岛采风。深夜，在万籁俱寂的宾馆，一个温馨的声音把她从梦中惊醒，窗外响着“倒车，请注意”。在别人听来这是中国所有卡车通用的提示音，但这声音于从容就不同了，这是她妹妹的声音。是一家音像公司在20多年前请她妹妹录制的，当时给了她妹妹十几元钱的辛苦费，如今这声音成了卡车无偿使用的提示音，传遍了祖国的山山水水，就连远在南海深处的一个小海岛都响彻着她的声音。但从容的妹妹却因病早早地就告别了这个世界。那天恰巧是从容妹妹的生日，从容在这么一个陌生、孤独的地方以这种方式再次听见妹妹的声音，她确信妹妹永远活着！就是因为妹妹的声音是一句温暖的提示音，从容的家人也从没想过要主张这“声音的著作权”。

记忆能伴随我们一生，声音就能让记忆有温度。《环球人物报》记者杨扬在英国采访到这样一段故事：在伦敦地铁线上有个普通一站——“堤坝”。许多人经过时会驻足片刻，听一听地铁提示音“小心空隙”，品味这声音的温暖。这句话是英国演员奥斯瓦德在20世纪50年代为伦敦地铁录制的，然而随着科技发展，越来越多的地铁站采用电子提示音，取代了奥斯瓦德的录音。2007年，奥斯瓦德去世后，伦敦只有“堤坝”站还在播放他的录音，于是，他的妻子玛格丽特便经常坐在“堤坝”站里，一遍一遍地听丈夫的声音。2012年11月，玛格丽特发现，丈夫的声音被电子提示音代替了。伤心的她给车站写了一封信，希望得到这句录音的磁带。车站得知原委后，决定重新播放奥斯瓦德的录音。

声音的温度，被当今的人们忽略了。其实温暖的人际关系是不能缺少声音的。我们能面对面说话的时候最好就不要用QQ，我们能打电话的时候就不要用短信，谁都不拒绝温暖，说都觉得孤独，可为什么谁都不想说话了呢？

如果你还录了你爱人当年说给你的第一句“我爱你”的情话，你再听听，看看这个声音会不会让你温暖。你比较一下，看看你微笑着说的一句话，会不会比手机微信上发出的十个“哈哈”与“笑脸”更有热能。

» 造假的“美好”也能钙化心灵

央视新闻8月3日披露了那则“清洁工中暑，小女孩撑伞”原来是一张造假的图片。

那名因中暑昏倒在广州天河区黄村东路的清洁工是个“道具”，是拿了人家有偿的“出镜费”，装着晕倒在路边的。那位清洁工说，当初说是拍雨伞的广告，谁知发出的照片却成了“爱心奉献”，我就害怕了，知道这是骗人，可后悔也没用了。

所有知道事情真相的人都觉得这样的行为有些恶心。是呀！这是何苦呢，要说拍一个街头中暑晕倒的清洁工难找，要是想拍街头在太阳下睡午觉的农民工那可易如反掌。让你家的孩子为太阳底下睡觉的农民工撑开一把雨伞，拍下一张照片，奉献一次爱心，教育一次孩子，传递一次美好，这既真实又简单，何苦还需要搭上150元的“出场费”请清洁工帮你造假呢?

如今可好！创意美好，反倒惹来一身骚。我也知道那位为“中暑”清洁工撑伞的小女孩的妈妈内心不是丑陋的，她心存温暖与美好，才能创意这样的爱心，可是她更不该忘记美好道德的前提是真实，失去真实的美德就是愚弄别人了。

别说造假的拍摄，就连摆拍都是新闻中的大忌，有些记者在赶往采访途中没能及时到达事发现场，错过了留下当时的影像记录的机会，于是就想摆拍一张还原照片，这在政治挂帅的年代是记者们常用的一种手法，还美其名曰“事实本质的真实没有走样”，但如今没人敢这样拍照了，这是违背新闻真实原则的。

可广州“撑伞女孩”的照片，则完全是子虚乌有，就连艺术摄影都不允许这样的虚构。可如今这样的虚构并不少见，最典型的莫过于瞬间真实，本质虚假的影像比比皆是。例如，一位县长亲切和蔼，在穷乡僻壤访贫问苦，他与百姓的鱼水深情在那一幅幅画面中溢于言表，可这是真的吗？如果是真的，那么过上几天，我们还是让那位被他握过手的农民去那位县长的办公室回访他一下，若没有熟人领着，他就别想进入县政府大院，就算他在熟人的带领下见到了县长，县长也不会再那样和蔼可亲了。你说是有照片的县长真实，还是没人拍照的县长真实？

所以，那位广州“摆拍美好”的妈妈以为自己创意虚假的美好并无卑鄙之心就不算丑陋了，可她违背真实原则制造的美德，即便你是“善意”地去做，也是欺世盗名，绝无美好！

今年3月也发生过类似一幅照片，“一名满头白发的老人盯着快餐店里的盒饭直流口水，被一名过路的女孩瞅见了，女孩当即买来盒饭，并单膝跪地将饭一口一口喂进老人的嘴里……”图中的女孩一度被誉为“深圳最美女孩”。但据媒体调查，这条所谓的新闻其实是商业炒作，图片是摆拍的。

当下世道确实人情冷漠、互信稀缺，因此，人与人之间的守望相助就显得弥足珍贵，社会中偶尔上演的温情场面，总会令人格外感动，并常常被人们冠以“最美××”。不过“善”和“美”的前提是“真”，虚假的善只能是伪善，虚假的美只会令人反胃——假新闻与摆拍的美好都扰乱了大众对社会的客观感知，在新闻伦理规范和社会价值秩序的颠覆中，让社会公众的美好情感不可避免地遭受嘲弄。

大众之所以被这些美好的瞬间欺骗，这说明还是好事，当所有这些美好的瞬间的画面都一致地被认为是造假、是策划，我们就彻底践踏了美好。

我真担忧这样虚假的“美好”将会给本不牢固的社会信任制造新的危机。当大众心灵中的柔软遭遇一次次“虚假的美好”钙化之后，我们还能有人性至善的悲悯情怀吗？

» 大师符号就是圣贤文化的边角料

儒家文化中的重要一脉就是圣贤文化。孔子一生倡导的“克己复礼”旨在追捧周礼，膜拜文王。在孔子的眼中，他所生存的春秋时代已是礼崩乐坏，君无圣主，士无贤达，民无良顺，所以他一生周游列国，呼唤周礼，重整圣贤文化。

由于孔子的儒家学说在汉之后逐渐成了中国的正统学说，忠君孝王的思想具有宗教性质，并逐渐取代了远古时代国人的先祖崇拜情结。圣贤文化也就顺理成章地登堂入室了。在大众的心中，偶像于王就是圣君明主，于官就是清明廉政，于士就是鸿儒贤达。没有这些偶像冒出，国人就六神无主了。在中国的历史上，皇帝成为圣君明主的虽说三五百年不出一个，但总还是有的；贪官污吏虽说茁壮成长，但好官廉吏总不稀缺；文人虽缺少独立人格，但能为信念投江、为圣洁做隐士的也有榜样，毕竟没让民众心里空着过。即便不是关注时政、没啥文化的大众，也可找个没影儿的国产王母娘娘，引进个域外的观音菩萨叩拜着，也不能心中没偶像。无论是真神假鬼，大仙小巫，就连扛着掏耙能舞上几下的猪八戒，钻到地缝藏一会儿的土行孙，都算成仙得道者，让人们膜拜。在一个没有宗教的国度中，谁都可能摇身一变就神圣了，不能被别人神圣，也能乔装打扮一番来个自我神圣。

在如今民主与法制的数字化时代，不会有人渴望圣君明主的诞生，官员也都成了公务员，是廉政还是腐败自有组织管着，知识分子有了职称可套，是否具备独立的人格也没人关注了，这就让长久崇拜圣贤文化的大众时常处于焦虑之中，总觉得这心中缺点儿啥。

于是圣贤文化的“边角料”——“大师”就开始还阳了。三百六十行，行行有大师，就连在家做饭的人虽不好意思称大师，但也不愿舍弃大师的称号，就在大师的后边加了个“傅”字，也算蒙混过关了吧。

其实，人还活着就有了大师的称号，都是忽悠出来的，这些瞎忽悠的称号虽说在哪个国际组织那里也拿不到一张被认可的证书，但在国人的眼里，你没有这个大师的称号就没有人待见了，招摇时就不灵验。反正越是玄虚的门类越能成为大师，越是实际、实用的科学技术反倒不易成为大师。气功养生之道，看个风水，问个凶吉，越不着边际的事情，越容易冒出大师来，而那些讲数理逻辑、论精确科学的学问就没有大师涉足了。

例如，7月28日央视焦点访谈揭发的那个骗子气功大师王林，完全是靠会点儿小魔术，懂点儿小医道，就披上大师的外衣开始行骗敛财。在我们这个不修来世看重当下的国度，凡是“立等可取”能治病救命、延年益寿的旁门左道，永远都是香饽饽。

别看普及科学常识艰难，推广抗体阳性状态的健康理念少人认可，但哪嘎达儿要是冒出个大师能吐出仙气，哪儿来了位大仙儿育出了灵芝草，保准不缺心甘情愿捧臭脚的。最可怜巴巴的就数那些见识短浅的明星与心中有鬼的官员了，这两类人物又恰恰是大师们涂脂抹粉的好帮手。官员、明星们烦躁不安的生存状态与动荡奔波的职业由于缺少安宁，他们总是在寻找有超人功力的大师能为他们或超度或救赎。每当大师一出现，最先能勾结上大师的总是官员与明星，这除了因为他们的身份与角色方便之外，更重要的就是他们心里更需要大师们超人的功法救助与安抚。

于是我们就经常见到了大师与明星、官员之间亲密的抱团合影、彼此互相题的“墨宝”。这些东西不过是大师们骗钱敛财的道具，但乌合之众非常看好这些大师在布道之前释放的迷雾，没有这些障眼的招牌，就没了功力。于是大师不管与哪个明星、高官相见都要合影留念，这就是在为肥沃大师土壤添加尿素。

一个大师倒下去，另一个大师就会站起来。无论什么时候用什么方式，大师在这个世上总能找到存活的空间。但前提是这个大师要学会在适当的时候隐退，就怕大师们一旦火烧云——红了半边天时，就忘了自己是骗子了，还以为真的得道成仙了。

» 图书的困境是太指望星星变灯火了

图书业正承受着有书以来的最大压力，用出版界业内人士的话说如今是——“做书是死，不做书也是死”，这有点像当年的武大郎服毒——吃也死，不吃也亡。武大郎的压力来自西门庆，在法制无力的世道，大腿是管胳膊的。可如今的图书已市场化了，又有市场的游戏规则，是谁把图书逼入了“死”的窘境呢？

是当今的人们都物欲熏心，胸无点墨，眼睛只盯着钱，没人读书了吗？我看非也，人类社会见钱眼开的生命基因从没改变，可人类文明传承的“香火”也从没间断，社会文化的文脉延续更是汩汩流淌。这与图书发行的多少没关系，就是有秦始皇焚书坑儒，有“文化大革命”的“打、砸、抢”，你也不能彻底让斯文扫地。

当下出版界的焦虑不是出版人在“忧道”，而是忧自身的利润，不是把图书当作文化来做的，而是把图书当作产业来做的。产业的图书真的就如三联书店总编辑李昕说的那样，图书品种越来越多，定价越来越高，而库存越来越大。

刚刚上市的新书就打五折卖，一个选题畅销了，十几家出版社抢着出，为了跟着读者的趣味，比着劲儿地媚俗，大众化的稿子就抢，小众化的作品就推，印数比内容重要，利润比文化更好。这样的出版业繁荣不繁荣都不关文化的事儿。新闻出版总署数据显示，中国的图书品种2012年达到38万种，位居世界第一，成为“名副其实”的“世界第一出版大国”。可全世界没有认可我们是个文化大国。中国目前只是个图书“第一库存大国”，库存久了就是垃圾。

出版界一度指望数字化终将解决高库存的问题。从理论上讲，这句话不错，可这在目前看还仅仅是个未来的发展趋势。

近日当当、京东的零元电子书大战彻底打碎了出版商的信心。受电子书免费思想“熏陶”的网购一代，又怎么会付费购买电子书呢？这让转型中的传统出版商有种被时代抛弃的感觉。站在科技浪潮之巅，传统出版商的“小姐”身份不得不面对现实世界的“丫环”命运了。看来从长江大桥的左边掉下去还是右边掉下去都是50米。

在这个出版历史的拐点上，转型或者改革是中国出版商必须要做的选择，不然早晚会被席卷世界的科技浪潮淹没。怎么转？怎么改？

依老夫之见，就是不要把纸质的传统图书都当成产业做，不要让所有的图书都起到“贩毒”的效益。有些图书就不是挣钱的工具，郭敬明的作品好卖你就多印，高行健的作品难卖你就少印，作品的伟大与作品的印数从来无关。大众的阅读永远都是以娱乐、消闲为主，就是搅拌进去了白领、小资、小清新的优雅格调，也是伪文化，多了他们，文化算不上繁荣；缺了他们，也不是斯文扫地。钢铁是怎样炼成的——要有专家才行；钢铁是怎样炼砸的——全民齐上阵不行。

这个世界永远需要一些不挣钱的图书，就像蜜蜂是要采蜜的，但不能因为蜂王不创造甜蜜我们就掐死它吧，公司是创造利润的，但不能因为政府不挣钱，就不要政府了吧。图书的困境不是斯文扫地，让所有的图书都承担拉动产业发展的功能，就是指望天上的星星成为地球人的万家灯火了，仰望星空只有诗意，没有效益。

» 长队是银行的“肠梗阻”

银行就是个吸金的机器，银行营业部的服务窗口就是一部吸钱的管道，可不知为什么，这管道如今少得可怜。无数人都争先恐后地想把自己的金子塞进银行的这个管道里，可银行总是半推半就不太主动。

都说人们见钱眼开，我看银行是个例外。目前中国几大商业银行的营业部就没有一家的吸金管道是畅通无阻的。连办一笔简单的储蓄业务也要等候一个小时，就是在柜员机上操作也要排着长队等。

如果我是银行的行长，我就多开几家不等待或少等待的银行网点儿，这样不就有了竞争力了。有客户才有人脉，银行的人脉就是金子呀。存钱也好，贷款也罢，都是给银行送钱的主顾。就是到银行取钱的也是取人家自己的钱，帮你银行加速资金的流转，无论在这个窗口取多少，一转眼的工夫还得在另一个窗口给你存上呀，只不过是换了个名字罢了。如今哪还有把钱装在罐子里埋在地下的，所有人的钱说到底都是你银行的钱，连不认识钱的孩子得到的压岁钱都要放到你银行呀。

银行营业部多开两个窗口才多大费用呀，不就是招聘人员的几个工资吗，一个营业员一天多收进几百万就是吸金的管道呀！我还真是头一次见到吸金不着急，给人家送钱的人反倒着急了。

国有银行的排长队现象，一方面说明办理业务的人多了，另一方面也说明了这些银行对于窗口那些小客户的傲慢。他们为那些大客户都办理了“贵宾卡”，“贵宾”是不用排长队的。嫌贫爱富是所有银行的本质，可银行的愚蠢也恰恰在这里，他们就忘了大客户一般都是贷款的多，存钱的少，只有小客户才省吃俭用，有了几个闲钱，不敢炒股，不敢买基金，不敢买理财产品，老老实实放到银行，银行就是拿着广大穷人的存款去挣钱的。哪个富人有钱之后还能风雨不动安如山，只吃你银行的利息钱。富人有钱就要投资，投资哪有不用别人钱的。银行里的钱还是穷人存进去的多，富人贷出去的多，穷人才是银行最大的股东，富人都是银行的债主，可银行的眼里却不见股东只见债主。

国有商业银行吸金管道不畅，这就给外资银行、地方股份制银行创造了吸金的机遇，储户们纷纷在“不用排长队”的股份制银行与外资银行开户了。就连支付宝也抓住机遇，打了擦边球，“悄悄地”松动着银行的垄断。从今年下半年开始，阿里巴巴支付宝正式推出小客户“余额宝”，我看这就是在和银行“抢”生意。一万元钱放在银行里按活期利率算，一个月只有三十多块钱，而放在支付宝里转为“余额宝”，一个月的收益要比你银行多得多。银行再不加多自己的吸金管道，早晚都会患上吸金“肠梗阻”的。

互联网的“革命”是颠覆性的，不要以为垄断可以长久，也许一夜之间你自以为牢不可破的大厦就被人家挖了倾斜的墙角。用马云的话说：“我们没有把互联网当作一个生意，我们是把互联网当作一场革命。”

无论是国有银行、外资银行，还是阿里巴巴的“余额宝”，我并不关心，我关心的只是我办理业务时是否顺畅，我只会选择服务态度和质量最好的、工作效率最高的、不让我傻乎乎地排长队而让我充分信任的银行办理业务。

但愿我们的各大国有商业银行都能低下身段儿，不是为了储户，就算是为你自己吸金，你也该有抢客户的心理才对呀，当下张着大嘴等着吸金的可不是就你们国有银行这几家。

» 人情债让人情失去了美德

俗语说："千里送鹅毛——礼轻情意重。"我误读多年，以为那是吝啬鬼美化自己的油彩，我一度不愿意别人千里之外来送鹅毛，愿意他把千里之行的路费给我，人就别来了，你不旅途劳顿，我也得个实惠。

那时我想得简单，不知道人情不光是用情来维系，还有"债"在其中。人情就在于往来，这"往来"说白了就是"投桃报李"，不能烧火棍子一头热。得两头加温，人情关系才能水深火热。一头热，就欠下了人情债，久而不还，情就淡了，"债"却在。

国人的人情味浓烈，千百年来温馨暖人，那是因为大家送鹅毛的时候多，送黄金的时候少。小时候家住四合院，生活简单，邻里之间有人情没有债，谁家做点儿好吃的，都给有小孩儿的邻居送上一点儿。谁家孩子结婚、当兵、考上大学，送条毛巾、送个脸盆儿，没人在意东西多少，更不会拿个本子记在上边，作为今后还人情债的凭证。

可如今不行，人情往来不送鹅毛，改送黄金了。婚丧嫁娶，乔迁之喜，稍有人情债在册之人的红包都是一条金项链的分量。一个月要是碰上两三份，就等于遭遇一次抢劫。

人际关系中的“请柬”就是人情债的催缴单，要想保持人情关系的润滑，你就别送鹅毛送黄金。人情演变成了“债务”，“债务”被开发出了项目，项目被做得琳琅满目，生意可谓五花八门，做人情的公司微笑创效，想尽一切办法，以各种名义大摆筵席：结婚、生小孩、考大学、乔迁、参军、生日、生病、亲人去世、升职等都可以成为人情创收的好项目，甚至还有人赶时髦摆起了离婚宴席。走人情，本是为了面子，如今借着人们好面子，就有死不要脸地敛钱的了。

正常的礼尚往来一定不是债，不用记在本子上。但如今这些日益变味了的人情债，渐渐地成了住房、医疗、教育之外的第四座大山了，成为人们生活中难以摆脱的重大负担，也成了官场、职场掩饰敛财的一种惯用手段。不管你是公务员还是普通职员或者打工仔，都有上级，你的上司邀请你参加生日宴会、子女婚宴，你又会怎么想呢？送少了怕没面子，从而失去在领导心中的好印象，送多了又负担不起，只好勒紧裤带装大方，死要面子活受罪。

随着人们收入的提高与物价的上涨，人情的分量也在加码，相互之间盲目攀比，带来的是奢靡之风的蔓延。原本在一般酒店可办的酒席升至四星、五星酒店。就为了人家那豪华的场面，你也不能拿着鹅毛打发人情吧。红包越包越大，人情越走越淡，记住的是钱数，感受不到人情的温暖。

这时我一下子理解了古人那句至理名言，“千里送鹅毛——礼轻情意重”，当初不是我的智慧不足，是我还没有礼尚往来的经历，所以就没有“债务”的感受。礼重了就是行贿，即便不是让你公权私用，也是在利用大礼让人家有“嘴短”、“手短”之感，让人家欠下这笔债，就是给人家的压力。严重的大礼还会葬送一个人的前程，甚至性命。

奢华的人情债败坏了社会风气，玷污着我们民族传统的人情关系！人情债影响了我们的生存状态，改变着我们的集体人格，让人与人之间的温情变成了账本中数目的出出进进。

这种现象足以引起政府和全社会的重视，而全面开展推行社会风气的改革！国家机关、公务人员首先就从自己做起，彻底告别“工作就是迎来送往，接待就是请客吃饭”的作风。按照习总书记的讲话精神，面对党内大量存在脱离群众的现象，集中表现在形式主义、官僚主义、享乐主义和奢靡之风这“四风”上。我们要对作风之弊、行为之垢来一次大排查、大检修、大扫除。当然，要想改革风俗一定会是非常漫长和艰巨的，但是已经到了不改不行的地步，不管效果如何，不管有多少阻碍，民间的移风易俗都可凭风借力，在党风、政风的带动之下，完全可恢复我们民族的优良人情关系的美德，行君子之交，淡如水；行凡俗之理，礼轻情重。

» 我们的生存生态已到最危险时刻

我们的生存生态已经脆弱到了历史上最危险的时刻，每一个有良知、有正义感、有点血性，还有点儿话语权的知识分子都不该再沉默下去了，因为连法律也不再沉默。7月16日广西卫视新闻报道，河池市金城江法院就对两家污染企业的法人代表进行了有罪宣判。这在广西尚属首例。

如今我们已经很难找到一条直接饮用的大江、大河了，就是内蒙古科尔沁草原深处的归流河水20年前还可以直接饮用，如今谁还敢？找不到一个没有化学元素含量的湖泊与海湾了，找不到一种不加任何添加剂的纯天然工业化生产的食品了。种粮食的农田污染了，喘气的蓝天雾霾了，天上下的雨偏酸了，人们尿的尿却偏甜了。水中的微生物多了，可水里的鱼儿却少了。人们上床容易了，女人怀孕却难了，吃进肚子的东西化学成分偏高，精子都不是精华了。能生孩子的女人也不产奶水了，都指望畜生的奶养人了。可畜生吃的饲料也都不够安全了，奶粉要合格就得总理亲自“理万机”了。

有人把当下生存状态的一塌糊涂归咎于科学产生了化学，劳动依赖于现代化，于是就怀念起古代社会，歌吟于老牛拉车慢悠悠，牧童竹笛曲啾啾，五谷杂粮农家肥，蔬果李桃天然水。一切要是能回归古朴、自然的生存状态人类才能找回和谐发展的方向。

可这样的想法如今咋看都是天真的，每个国家只有自然形成的“不发达”，没有刻意谋求的“不发展”。尼泊尔、不丹、锡金的古朴、自然是被喜马拉雅山挤对的，他们的国土要是地处中国的一个“三角地带”，谁能阻挡住市场的冲击，谁能堵截住公司的“入侵”？

现代化、工业化，就是化学的“化”其实都不可怕，可怕的是我们只见到发展带来的效益，而不顾发展后还有的“负效益”。这个世界上凡是环境最适合人类居住，食品安全指数最高的国家都是工业化、现代化发展最快的。“英国经济学人智库”刚刚发布了《全球食品安全指数报告》，这份报告给全球107个国家的食品安全现状做了个排名。现代化的美国、挪威、法国是金、银、铜牌的得主，而自然、原始、落后的尼泊尔、菲律宾、乍得都排在大后边。中国与去年相比又下降3位。

生存生态的好坏，就是人的好坏，人性一旦变得贪婪，眼睛里就只有钱了，政府一旦变成衙门，就只要GDP了。政府要为人民服务，政府要是人民的管家，政府要是还听人民的话，它就不会不顾老百姓的生存生态。

新一届领导人如今在倡导群众路线，习总书记的讲话表明，我们党和政府在新一轮的发展中，将更侧重为民谋福祉。“我们的人民热爱生活，期盼有更好的教育、更稳定的工作、更满意的收入、更可靠的社会保障、更高水平的医疗卫生服务、更舒适的居住条件、更优美的环境，期盼着孩子们能成长得更好、工作得更好、生活得更好。人民对美好生活的向往，就是我们的奋斗目标。”这些美好的愿望如能实现就是为人民创造了美好的生存生态，美好的生存生态不光是环境、食品，更包括政治生态与体制生态。

这些年我们的政治理念偏重了发展，忽略了保护；偏重了资本增值，忽略了以人为本；偏重了招商引资，忽略了人民满意，偏重政府政绩。这和我们各级政府考评指标的排名不无关系。如果我们做到彻底的调整，把保护环境、惩治污染、抓食品安全、保人民健康放到GDP增长之前，我们的生存生态就会好很多。

国家首先应该调整自己的总体发展方向与具体考评地方政府的内容，把当下党中央倡导的“群众路线”落到实处，不可停留在嘴上。

» 淡化意义情结

没有灵魂彼岸的人更看重当下的生命意义，当下的力量确实也是生命存在的第一证明。昨天成了记忆，未来只能构想，于是聪明过顶的国人在确立自己的价值观时一下子就认可了孔子的儒家学说。儒家积极入世的学说，做人做事讲究意义的理念，让不喜欢没影儿天堂的国人有了替代的宗教。

被儒学滋润了的读书人把人生的意义定位于“三不朽”，“立德、立功、立言”。这样的生命宏大意义能超越大众的凡庸，脱俗于蚁族的卑琐，人生的意义也就可美其名曰“穷则独善其身，达则兼济天下”了。

但有意义的人生情结往往不能由个体的生命独自完成，如一个人身份没有社会组织赋予的符号，仅仅是自然人的符号也就没了意义，社会组织不认可的意义就不算意义。你“独善”的“意义”那是自恋。你自己能高尚、仁慈、智慧吗？都不行，有人会给你捣乱的。国人只能接受你自己倒霉，不接受你自己的“独善”。所以你要想活出人生的意义必须捆绑强权，依附社会，挂靠名人。玩独“独善”、“独行”者，一定是个“穷光蛋”，国人从来没把人生意义的金牌挂在一个乞丐的脖子上。

看来，人生意义需要组织的认可，那么，这个组织是谁呢？就是主宰这个社会运行的力量。例如，你本来学贯中西了，由于没文凭，你的才华也就没了意义，也许有人说，早年没有文凭的人一样可以成为大学教授，可那恰恰是被更著名的人认可了，然后才被大学聘任的，大学聘任之后才使那些没文凭的人的学问有了“意义”。否则，你就待在穷乡僻壤“独善其身”吧。

中国古代的读书人从来都是一堆毛，没有皮的依附，其意义都很难存在。因为中国的古代教育体系在绝大多数时段都是为选官设置与服务的。士不入仕，士就似卒，甚至不如卒，卒还有被使用的价值，卒一往无前的奴性被将军所爱，士就没独立存在过，中国有过独立的知识分子阶层或社会组织吗？

漫漫五千年的文明史，独立的读书人也有过几人，一个是“丧家”的孔子，在当世就因为没有牛皮依附着被骂为“丧家犬”；另一个是陶渊明，被挤对得逃离到了没人去的地方待着。南北朝时不是现在，土地不值钱，荒山野岭多的是，“占山”、“落草”是最不成功的人生。陶渊明猫在一个与世隔绝的深山老林里了此一生，这于读书人就是劳动改造一样，其价值只是留给后人的文学格调而不是当下的生命意义。如果说陶渊明的人生有榜样意义，那么眼下的大学生村官就该永不回城，村落的人脉也不会像当下这样凋敝，报考公务员也不会趋之若鹜，哪有学习陶渊明的？

读了一点书的人心中都有个“意义”情结，不说实现人生的“三不朽”，也要活出个意义来。意义的情结使人们不仅看重“意义”，更在意“结果”。但现实的“意义”授予权不在自己的手中，你没有独立的“意义”评判权，你可以说：“走自己的路，让别人说去吧。”一旦你走起路来还要顺着老路的“溜光大道”走，你就是想不走，也像遭遇了鬼打墙，绕不出那个圈儿。

种瓜的想得瓜，种豆的想得豆，种上葫芦的想得瓢，意义虽说不大，但毕竟都会有个结果。国人不会干海明威笔下那个桑提亚哥老人的傻事，拼着老命与大马林鱼搏斗，与鲨鱼搏斗，明明知道那是一场没有胜利果实的拼搏也要拼搏，筋疲力尽地把一副没用的鱼骨架拖到了家，这种白忙活的事儿，于中国渔民来说就是没意义。可“白忙活”、“没意义”的事情在海明威的笔下恰恰成了人类精神的一枚硕果，它让有灵魂的人有了品尝不尽的滋味，它比世俗的“意义”更永恒。

当人类文明的足迹是在桑提亚哥式的精神引领下前行的时候就会气贯长虹，当一个社会的价值取向都在追求“意义”的时候也就没了唯美。淡化“意义”，思想状态才好独立，不在意“结果”，生命更容易出彩。

福从来与干大事、挣大钱无关。

» 及第与落榜者必看的两份名单

在一考定终身的社会里，及第与落榜就是天堂与地狱，它影响的不仅是自己一生的前途，还波及一个家族的荣辱。

民间把金榜题名说成是人生大喜之首，如今农家子弟把考上大学称之为鲤鱼跳龙门。好在如今的大学毕业生国家不包分配，否则，这落榜即便不要命也能扒下脸皮，让一个十八九岁的孩子就承受如此大的打击真的缺少人性。

所以，每到张榜时总有媒体要出来为落榜者说几句励志的话，我知道没用，可有用的话就不是“话”了，而是规则，规则不改，任何人说的话都是安慰，安慰或许也能为落榜者打开一扇小窗户，透进一缕阳光。

我刚在网上见到有人从国家图书馆查到来自清朝的两份名单。名单上各有9人，第一份名单是：付以渐、王式丹、毕沅、林稃堂、干云锦、刘子壮、陈沅、刘福姚、刘春霖。第二份名单是：李渔、洪昇、顾炎武、金圣叹、黄宗羲、吴敬梓、蒲松龄、洪秀全、袁世凯。有人把这样两份名单给100个人看，问他们对这些人是否熟悉？结果100人中，对第一份名单上的人一个都不知道的有90人；对第二份名单上的人则大多数都知道。

“死人”的名单不是当下组织部的任命书，按说没什么意思的，但只要你细细一想，就发现了这里暗藏着及第与落榜的玄机。第一份名单上的9人，全都是清朝的科举状元，在当时一榜跃龙门的时代，他们是何等的光辉灿烂、气象万千！而第二份名单上的9人，全是清朝的落榜考生，若按当下落榜者的心态，后边的9人也就开始了“打工人生”，当时可是没有任何组织的开导与励志的，这些落榜者只能回到“自主创业”的起点上了。

可三十年河东，三十年河西，第一份名单上那9位金榜题名，显赫招摇的风光之人，早已无人知晓；第二份名单上9位名落孙山者却成为大学者、大作家、大英雄，叱咤风云，名垂青史了。这种强烈的反差，你要是细想一点也不让人费解。科举考试从来就不是选拔创造型的天才，那是古代社会在选官员。官员的前提是在价值观上要与朝廷的统治理念步调一致，所以，科举考试一定是拒绝考生用独立思想写成的文章。只有那些和朝廷保持高度一致的考生的试卷才会得高分，这样及第的状元将来就是各级衙门的接班人，做官就是做到宰相也无非是皇帝的总经理。所以，他们无法著名，除非你干了祸国殃民的事儿，否则宰相也是个被掉下砖头儿就能砸到的人。

倒是那份落榜者的名单，凡有点儿文化的人都知道他们的辉煌。李渔的戏曲理论、洪昇的《长生殿》、吴敬梓的《儒林外史》、蒲松龄的《聊斋志异》、金圣叹的批注《水浒传》都是中国古代文学史必须记载的章节，是当代大学中文系教授们吃饭的一座金矿。顾炎武被称作是清朝的“开国儒师”，他提出的“天下兴亡，匹夫有责”的著名口号如今都妇孺皆知。黄宗羲有“中国思想启蒙之父”之誉。洪秀全所写的《原道救世训》、《原道醒世训》等著作，是那9个状元集体创作也完成不了的。洪秀全要是及第了，清王朝也无非多了个县太爷。袁世凯无论作为中华民国的第一任大总统，还是大清帝国的内阁总理大臣，他都是个没学历的官。

可见落榜者千万不要因为大学拒绝了你就以为社会也拒绝了你，这个社会不是大学办的，大学之外的领域无限宽广，你要有真本事，能干出大学生不能干的事儿，辉煌的舞台就向你招手。如果我们真的不如大学生，咱就服气，选择适合自己的社会角色，快乐地生活、快乐地工作，大学从来不颁发幸福文凭。人生的幸福从来与干大事、挣大钱无关。

» 拿纳税钱补贴空调企业的人千万不能傻

日前中国广播网报道：审计署日前发布一份公告：8家家电企业骗取国家节能补贴款9000多万元。这些企业真厉害，想骗谁就骗谁。国家这9000多万元其实还是个小数目，他们骗取的更大数目是广大消费者的钱。先以老夫为例说说格力，格力的广告要言不烦，直入主题，“格力变频空调一晚只用一度电”。老夫高中时代虽说物理不好，但也知道人们约定俗成的说法，一度电就是千瓦小时，而没人去较真，“一度电可以让功率为1000瓦的电器工作一小时”。

格力空调的广告就是通过央视传媒向全社会说的：“一晚只用一度电。”开始我有些不信，可是它天天讲、月月讲、年年讲，讲了一年之后都不见国家技术监督部门的质疑，我再怀疑，就是对政府职能部门的不信任了。我生在新中国，长在红旗下，我可以不相信老婆，但不能不相信政府呀。格力是民族工业的著名品牌，荣获国家、广东省、珠海市各级人民政府的荣誉无数，这些闪着金子光辉的荣誉我不能怀疑呀，虽说我觉悟不高，节能不是为了环保，但为了自己省钱，我也选择格力。一晚只用一度电，不到6角钱，真便宜，别说一台，要是装格力空调不花钱，我10台一起开也用得起，就怕身板儿消受不起，算了，买两台，书房一台，卧室一台。

一个月下来，我接到电费通知单一看傻眼了，480元，再看还是480元。按说两台空调一台白天用，一台晚上用，合起来算两个晚上，也就两度电，一晚一元钱吗，怎么会480元呢？于是我拨通了厂家售后服务中心的电话咨询，人家解释说："其实一晚只用一度电，那是在实验室里得出的能耗值，当室外低于30度，你把空调再调到26度就能8小时耗电量不到1度电。"我说："那要是室外、室内都低于零度，你就是强行制冷主机还拒绝工作呢，你们的广告这是在忽悠人。"售后服务中心的人好心地说，就你傻，你真信了。

我其实也没信厂家，我信的是国家的技术监督部门，我信的是"变频"，我还以为他们把电动自行车那个电瓶技术的原理用在了空调上，每月跑2000公里的一台电动自行车，充电费不足十元钱，不就节能了吗。如今一想我真傻，这就像直接吃饭就管饱了，不能为了吃得少，让饭经过胃肠运转一次再吃呀！

算了，不说了，商人愿意把明白人弄傻，不会把傻人弄明白的。人家连国家都能骗，再捎带着骗骗消费者是不用大智慧的，玩两个小"玄虚"就唾手可得了。

老夫我上当受骗实属正常，我傻嘛，我不上当谁上当，可国家的家电节能补贴款怎样才能骗到手那就复杂了。我写此文之前专门上网查询一下，凭老夫我相信了格力空调“一晚只用一度电”的傻劲儿，我弄不明白。能补贴别人动辄几千万的重要部门可不是我这样的傻子，你格力再加格兰仕也未必有人家精明，但家电企业就能把这些明白人弄傻，能把你口袋里的钱转到我的账面上，要不是审计署发现，这些部门还不如我，我当月就知道被骗了。

不就一个产品的节能与试验节能的事儿吗，这于广大消费者来说是复杂了点儿，但对于国家来说，都不用院士出动，两个中级职称的工程师就能搞定它，怎么就能上当受骗了呢?

也许又是我犯傻了，地球人都知道了，就我不知道！我真的不知道，我傻可以，但拿着人民的纳税钱给别人补贴的人你们可千万不能傻，更不可装傻!

» “到此一游”是乌合之众的附庸风雅

“到此一游”是全世界名胜景区耀眼之处伪文化的斑秃，明明是恶心人的涂鸦行为，可效仿者却趋之若鹜。那些涂鸦者难道真的不知道自己的字迹都不如狗爪子瞎划拉留下的线条好看吗？当然不是，这些人知道自己的字迹确实不咋样，但真的不觉得涂鸦的丑陋要甚于他们那两笔硬刷子。如果他们知道那是一种卑鄙的亮丑行为，他们是不会干的，就像绝大多数人都不敢裸行一样。

在涂鸦者的心里，涂鸦遭骂是因为景区的人要保护景观之地的干净，景观的“版面”装不下“到此一游”过剩的作品，谁是捷足先登者，谁就抢到了首发“到此一游”的“版面”。人们的清理不过是一种覆盖，反正我是逮着一把出名的机会就不能放过。字迹好看赖看不重要，重要的是要让人们看到。让别人知道我的存在，比我是好是坏要实在，这完全符合乌合之众的讨巧心态，更何况在名胜景区，甚至是世界的名胜景区之地，我能“到此一游”也非等闲之辈了。

那么，嘲笑乌合之众的附庸风雅，是不是那些有地位、有身份的人就不干这样的蠢事了呢？不是的，名利场上的涂鸦者从来就不缺少政客与文化人，后者与前者不过是五十步笑百步罢了，是藏獒与京巴的区别，但它们都是狗，狗性无差别。过去那些三皇五帝、州府郡县的官员出行，只要是在自己权力隶属的领地，巡视到哪里不都也拉下了“到此一游”的粑粑吗？乌合之众是偷偷摸摸、忐忑不安地涂抹；有身份、有地位的大人物是众星捧月、志高意满地挥毫；乌合之众涂鸦被逮住要罚款，名人、要员题字有人给钱。两者都是一样的附庸风雅，前者因不具备“名分”就是缺德，后者“名正言顺”就算留下了墨宝。可纵览古今那些所谓的名人、要员留下的墨宝，有多少不是乌合之众“到此一游”的附庸风雅呢！

我们见到的那些封疆大吏在位时的“到此一游”，一度多如牛毛，可当他们因政治问题或经济问题被清洗、法办之后，全城铲除他们“墨宝”的大行动也是兴师动众呀，一点儿不比名胜景区清洗乌合之众的“到此一游”污痕斯文。

一度是高官，一度又成了贪官的胡长清、成克杰、陈绍基曾经到处题字、写匾，他们一人的污染胜过万人的“到此一游”，可对这样的涂鸦我们除了报以热烈的掌声之外还屁颠屁颠地送上润笔费，我们接受权威的涂鸦，不接受大众的涂抹，这就使大众在心里得出这样的结论，涂鸦从来都不是亮丑，就看身价够不够，二郎神的放屁，不叫放屁，那是一股仙气。

人都怕自己卑微，即便是一方诸侯也脆弱得担心自己名声不显，人脉不足，支撑不起头顶那一亩三分地，于是能写出撇来不像捺的人也都愿意到处题字，以为这样的“立言”就能流芳了。

其实，乌合之众的“到此一游”与名人、要员的题词、题字都是对功名利禄文化追求的现实版。留言、留名、留声、留影人人可做，但那些真正能青史留名的大师、大儒、大人物反倒惜墨如金。要想让乌合之众不在名胜景区之地到处涂鸦，就要先让那些所谓的名人、要员们别再以处处题词、题字为荣了。让全社会都达成一种共识，凡是没有名到李白、杜甫、王羲之那样的就在名山大川上题字就可视为一种随意的大小便。达成了这样的价值共识，大众也就从此告别了“到此一游”的文化冲动了。如题字上瘾，不提就犯病者可在自家的厨房、卧室、书房涂鸦，这算不上有碍观瞻，尽可随便！

» 向幸福出发往哪走

引路人如今好像多是成功人士，多为高官、大款、名人。他们当年或苦出身，或穷小子，或灰姑娘，几经悬梁刺股，几经风吹雨打，几经大浪淘沙，最后没被拍到沙滩上，成了时代的弄潮儿。如今对着媒体的采访，回顾自己向幸福出发的一路经历，春风得意得像花儿一样。

我尊敬那些自强不息的生命强者，他们真有百折不挠的能量。可要说向幸福出发就要沿着他们的道路走，我可真的承受不了。我女儿认识一位卖翡翠的女强人，从20岁在昆明办起第一家翡翠店，20年来在全国“孵化”出近百家连锁店。如今她也成半老徐娘，错过了寻找意中人的机会，几次对着电视征婚，也没征来个另一半，别说找一个“灵魂伴侣”，就是找一位年龄与自己相匹配的老公都难了。更多人都是奔着她财产去的，可一旦知道此人立下遗嘱，百年之后，要把所有的财产都捐给慈善事业，就没人再与她谈婚论嫁了。

这个女强人经常感慨地说，早知道如今这样的命运，就不如年轻时只开一家小店，找一位如意郎君，谈情说爱，过着简单的、相夫教子的小日子。我相信这个女人此时的话是真的，但我不相信她一旦有了再选择一次生命经历的机会，她不会重复自己的老路。

挣钱是人的本能，当把钱挣到用不完的时候，钱就没了意义，挣钱的本身就是欲望了，是在满足自己生命过程中的一种运作形式了。没有几个人能在无限的欲望中止步。就像那个西西弗斯，非要把那块巨石推上山顶，那明明是上帝之神对他的惩罚，可在他的眼里就是他活着的目标了。要是换成老夫，我就不往上推，当我推到巨石往下滑落的时候，我就撒手，爱往哪落就往哪落，就是落到了教堂的屋顶，砸伤了耶稣的脚后跟，那也不是我的罪过，我不会把浑身力量的目标定在山顶上。

记得当年读大学，我们的外语不是必修课，考试不及格不影响毕业，我就不学。许多人教导我“不学英语今后无法打开世界的大门”。我说，我只要打开自家的房门就够了。我知道这个世界最不缺少的就是讲英语的人，连非洲那么多从没受过教育的人都讲英语，再多我一个不还是多余吗？30年过去了，我的那些同学没有一个去敲世界之门的，最常用的英语就是“拜拜了您”，我也会。别说英语了，其实大家母语也用不好，有几个家伙评职称要发论文，还找到我当枪手，我就忽悠他们说，你提交一篇用英文写作的不就行了吗？

别以为向幸福出发一定就要树立远大目标、建功立业、成名成家。这些都是遭罪的事情。金钱、名声能满足我们生命中的虚荣与面子，这是生命基因携带的，我们无法剔除。可一旦你拥有金钱、名誉之后你马上觉得这不是你终极的幸福，瞬间的兴奋与激动马上就成了过去，剩下的还是虚无与孤独。就像董卿体会过的那样：当春晚的盛大奢华谢幕之后，看着别人有亲人、家人陪伴回家过年，自己独自从演播大厅走回宿舍，踩着一路没有脚印的清雪，嘎吱嘎吱的声音比音乐更刺激她。打开房门，从暖瓶倒出半杯水，水是凉的，自己双腿酸楚，连再烧一壶水的力量都不想付出了，泪水一下子夺眶而出。你说这瞬间的一前一后的两个董卿，哪个是真实的？哪个能与幸福相拥？

向幸福出发，在起点上可以把目标选定在“山顶”，但在途中要学会放弃，学会回头看，风景不只是在险峰，谁认定了山顶的风景才是幸福，谁就犯了自欺欺人的错误。

» 没皮的孔雀是长不出羽毛的

一个国家的经济发展是依附在本国的国土环境之上的，经济发展就像鸟的羽毛是长在鸟身上的，鸟皮烂处一定掉毛。

生态环境就是经济发展的皮，无论你的公司多强大，只要你脚下的水污染了，头顶的天被雾霾了，企业的员工就不再健康了，这时你就是请来比尔·盖茨当总经理也挽救不了公司倒闭的命运。

发展是硬道理，这是不容置疑的。如今我们的经济发展成就如孔雀身上的羽毛确实五彩缤纷了，可不能忽略的问题被我们忽略了，这只孔雀出现了皮肤病，羽毛已经局部脱落。开始是脚气，我们不太注意，后来长出扁平疣，我们还是不注意，于是头部出现斑秃，影响了美观，我们还是不在意，弄来假发罩在头上，再后来发现最美丽的尾巴在开屏时羽毛不够丰满了，这才恐慌起来。其实经济发展与生存环境相比，经济不过是羽毛，生存环境才是皮。为了生存的皮能够健康，不发展有时也是硬道理。

如今我们对环境的破坏已延伸到了沙漠，连边缘的内蒙古腾格里沙漠也躲不过现代化发展的污染。自西部大开发战略实施以来，尤其是近几年来，沿海发展的空间越来越小，投资者往往会利用一些偏远地区急于招商的想法，以巨大的经济效益为诱饵，试图转移到西部落户。对西部地区来说，抓住转移的良机，在产业对接中增强本地产业的实力，是实现区域经济持续快速发展的重要途径。但产业转移也是一把双刃剑，特别是那些要转移的企业不少存在着高污染、高能耗的问题。

6月16日央视经济半小时节目报道，在内蒙古托克托县工业园区有不少工厂直接将化工废水排放到沙漠里。形成了人工污水湖，臭气冲天，周边的良田不得不撂荒，农民的饮水污染，松软的沙漠无法阻隔污水，直接渗透到了地下水系。据水利专家介绍，地下水要是污染了，人类目前没能力治理，只能自吞恶果，这个恶果一千年之后都不会消失。

中国西部虽说自然环境恶劣，但是几千年来人的足迹并没消亡过，用当地居民的话说：“不怕风儿不怕沙，就怕企业现代化。”对于西部一些生态环境脆弱的地区，不发展才是硬道理。

经济发展也如一个人的成长，不可操之过急，担心他长不强壮，就拼命地恶补，补锌、补铁、补钙、补碘，结果把好人弄成了“三高”。最健康的养生之道有时恰恰是“不养生”，顺其自然。一座自然的村落，没人发展它，它繁衍存在千年了，你一发展它，它十几年的工夫就凋敝了。

西部的环境需要的是保护，需要不发展，一个健康的人，少吃东西，甚至拒绝吃一些东西，完全可以健康成长，“恶补”的营养过剩反倒把人害了。一个生态环境脆弱的地区，不发展不要命，现代化倒是要了它的命。

从短期看，那些现代化、高效益、高产值的企业确实对西部经济产生了重要的促进作用，但是这些企业带来的高污染、高能耗问题也是可怕的。如果忽略这些隐患和负面影响，非理性地承接产业转移，西部将难以在产业竞争的对接中取得预期成效，甚至可能会恶化发展的环境，葬送西部的发展空间。

据世界银行测算，中国的空气和水污染所造成的损失已占到当年GDP的8%；而环保部的生态状况调查更表明，仅西部9个省区生态破坏造成的直接经济损失，就占当地GDP的13%，相当于甘肃和青海两省的GDP总和。这样看效益还是正5对负5了，闹个白忙活儿，留下的后果就是没皮的孔雀——是长不出羽毛的。

»“破格”不可“妙用”

破格本是个贬义词，大多是指破坏规矩，突破格局的强权行为。例如，众人在排队买票，如果你有关系，就可以破格，在窗口里边买；如果你是流氓，见没有维持秩序的警察就能加塞，别人也不敢出来与你理论，流氓有力气，弱者没有。

凡俗百姓，一无背景，二没蛮力，也想破格能成吗？破格这个贬义词这些年被“漂白”了，干这件事儿的多是管干部的组织部门，别人使用破格就是践踏规则，组织部门破格就美其名曰“发现人才”。

我们来回顾一下近期被破格提拔的几位。常骏生，毕业半年连升两级，他的父亲是县里的编办主任。调查结果：违规提拔。

韩寒，毕业三年，当了女镇长，她的父亲是组织部的副部长。调查还没有结果的时候，父女同一天辞去公职，这父女俩倒是敢担当。

徐韬，毕业五年换七岗，当了副县长，他爸爸是县人大的，母亲是副检察长。调查结果又是提拔程序违规。

江中咏，六年连续三次晋升，成了副县长，他爸原来也是副县长。

扬州刚刚又蹿出一位破格的“火箭神女”袁慧中，毕业三年，结婚、生子，破格升副处，其父是扬州市委常委、政法委书记，职位显赫。

我们的干部提拔都是有组织章程的，科员到副科，正科到副处都要时间的间隔，这个规矩就是“格局”，人为地“破格”就是践踏规则。中央政治局常委刘云山近日在河南调研时指出，“显规则”不落实，“潜规则”就有市场，选人用人不能有例外，不能搞变通，更不能借“破格”之名，行谋私之实。此番言论直指当下选人用人频现的“破格”现象。中纪委书记王岐山近日表态，当前巡视工作必须抓住四个重点，其中之一就是要着力发现是否存在选人用人上的不正之风和腐败问题。

领导职务不是专业技术人才，无须着急破格提拔，如一个地区的团委副书记，就是空缺几年，也不会耽误一个地区的GDP增长，破格提拔也与人民的幸福指数无关。即便是一个城市的规划局副局长空缺三年都不影响这个城市的拆迁速度。一个城市就是多提拔8个卫生局的副局长也管不好食品卫生。倒是有些岗位确实需要破格发展，如城市的环卫工人，要破格扩编，如检测食品卫生的专业技术人员，要破格晋升，不要把规则定得那么死，非要考英语、发论文，还必须在指定的期刊上发表。否则你就是会塞尔维亚语，在塞浦路斯大学生报上发论文也不算数。例如，乡村医务人员的待遇就要破格提高，不能总是在城市的最低工资之下。例如，生于1985年的邓鹤翔，被破格聘为武汉大学化学与分子科学院教授，全国人民是没有质疑的。

唯独官员的职务不能破格，当下我们最大的问题不是要提拔多少官员，而是要控制官员的总量。并且要破格控制才好，一个县、市要是能做到5年之内不增加编制，不破格提拔“火箭干部”，那就是造福一方百姓了。官员过多、级别过高，就是一个地区的负能量，必须遏制。一个地区的经济发展速度与官员占人口总数的比例成反比，全世界都是这样。

所以，千万别把破格提拔官员作为好事来对待，党中央不让干的事情我们的地方组织为啥对着干？这个问题很严重！建议上一级党组织要一查到底。绝不能把破格提拔变成官二代、富二代进入政坛的“绿色通道”。

» “死亡名单”的特权

国人活着的时候都忌讳说死的，就别说被列入“死亡名单”了。就是买房子都不买414、404房间。北海市连“第四中学”都跳过，“三中”之后就到了“五中”。

可在河北深州市就有一张“死亡名单”格外诱人，你想被列入，人家还不搭理你了。能进入这个“死亡名单”的就没有凡俗百姓，你就是获取了硕士、博士的学位也进入不了我的这份“死亡名单”，你就是长得有沉鱼落雁的姿容，有倾国倾城之貌也没资格进入我的死亡名单。只有那些有地位、有名望、有背景、有极为特殊关系的人，才把你列入这个“死亡名单”。

这到底是哪路阎王爷把一个“死亡名单”搞得如此云山雾罩，让诸位看官莫名其妙？老夫不卖关子了，揭开这个谜底吧。这个“死亡名单”是河北省深州市农村信用联社的一份贷款核销文件。这个文件中就附有一份“死亡名单”，名单中“被死亡”了的人物都不是“一般的人”。笔者仅列举两人诸位就知道“被死亡”也是需要资格的。如深州市副市长魏志春，市公安局副局长崔鹏，这两个人物放在全国当然不能如雷贯耳，但在58万人口的深州市，却能兴风作浪。这份“死亡名单”共计58人，还有15人“被失踪”，涉及的贷款总额为250万元。据知情人称，这份“死亡名单”是信用社主任以核销贷款的方式送给位高权重者的人情。如果是没权、没钱人借的贷款也想被死亡后核销，那么“被死亡者”就要送给信用社主任20%到30%的礼金，便予以核销。

一份假造的文件把明明还健在的人“死亡了”，就能将贷款一笔勾销，这样的“死亡”不仅不让人讨厌，反倒让人向往再三。我也想借贷30万，你就是“死亡”我两次我也不怕，反正信用社的“死亡名单”也不是公安局的注销户口，这样死谁也不拒绝。

这种“死亡名单”如果不是相关部门联袂的双簧是唱不出单出头的。可现在两家单位都拼命地谦虚了，互不承认这个有创意的“死亡名单”，自称“借个胆子也不敢”。是呀！要是知道“死亡名单”还有被曝光的那一天，谁都不敢。可是做的当初，就是以为别人都是“二”了，就自己聪明绝顶。深州市农村信用联社主任梁凤信说得好：“这个贷款核销信息是我们的内部机密文件，泄露出去是我们最大的失误。”在梁主任眼里，“最大的失误”原来不是造假，而是让造假一不小心露了馅儿。看来不是“敌人太狡猾了，而是自己一不留神大意了”。这咋说的！

如果此事就是一个河北深州也没啥大不了的，可如今这金融系统都家大业大，250万元不过是参天大树上的一根牙签罢了。

可我觉得，中国的金融界人才济济，这样的雕虫小技，几乎无师自通，只要是制度的漏洞，谁都会钻。如果“人死账烂”可以如此简单操作，那么，如今的活人“被死亡”就不计其数了。一个县的相关部门，一个管钱，一个管命，一年不用多“死”，“死”个四五十人，核销个三五百万元，只要文件不被泄露，这还不是小菜一碟。

唉！啥也不说了！这制度的漏洞，就是设计者给自己留出的活口儿！

» 微时代的微博

微时代的代表在我看来就是微博了，微博就是为大众表达话语权的无线麦克风。不需要学识、不需要文采、不需要逻辑，甚至140个字错了100个也有发布权，可以发疯地抒情、可以连篇累牍、可以无限地无聊。从国际风云到人间百态；从股市传言到娱乐八卦；从人生感悟到生活琐事，应有尽有。连大街上、被窝里都说不出口的话放在微博上，都没人以为发布者是死不要脸，这就是微博。说是140个字符的限制，其实你用140乘以1万也是你的自由，作为舶来品，微博最肥的土壤就是咱们这嘎达了。在传统的言论表达要经过“三审”的体制下，微博的自由突然得让拥有者一下子如大堤决口。微博在我们这个国度的最佳之处，就是它实现了言论自由，它是社会监督永远睁着的眼睛。

但微博离我们期待的总是差之太远，甚至正能量不大于负效应。目前看还是起哄的多于理性，转载的多于原创，扯淡的多于优雅，荒诞的多于靠谱，微博群体的绝大多数都是凑热闹、当看客，幸灾乐祸、唯恐天下不乱者更多。当然，这也完全符合人性，一点儿也不奇怪，人都是巴不得别人倒霉，更希望权贵、富豪们遭遇“不幸”，这也正是西方民主社会反对党监督执政党时的力量源泉。

微博虽然给了我们自由表达的平台，表面上看人人都可以无组织无纪律了，可数以亿计的微博群体比开过大会还听话，大家心中都有底线，知道哪些红线不能越过，不该说的话集体闭嘴，微博在言论上的尖锐程度都不如某些报刊，老夫真的不知道是微博群体的无胆？还是无识？

其实，微博的群体让我们看到的是一个民族集体人格的全部呈现。人们可以扯淡，但绝不冒险；可以说刷锅洗碗，但不指名道姓说官；可以说明星出轨，但不发布权贵的风流韵事；可以说商家坑蒙拐骗，但绝不说强权的剥夺人权。不信你就打开自己的微博，看看每天那多如牛毛的信息，哪条是有点意义的资讯？

凡是散发正能量的微博信息，在纸媒上也完全可以发表，只不过纸媒没有微博快。例如，“人民日报微博”爆料的湖南“上访妈妈”唐慧被劳教一事，“新华社中国网事微博”三问殴打空姐案真相，都是官方的主流微博先发布的。

我承认微博自由表达的平台对我们传统舆论“三审”的体制是一个巨大的冲击，但舆论的公正、舆论的良知、舆论的真实是不能指望微博的。我宁愿相信“一小撮”知识分子的独立思考，也不相信铺天盖地的大众微博，我知道人民群众微博的汪洋大海能诋毁丑恶，捧红明星，但人类的智慧永远是孤独者理性的思考，创造美好，发现美好不能靠蚁族看客的起哄。

微博的好处是对每一个个体话语权的尊重，但人多势众的舆论不是正义的裁决，不是道德的审判。微博的转载量只不过是看客的包围圈，里三层外三层，层层都是看热闹的，只有“闹”起来，才满足了微博发布者与看客的心理。一条微博无论制造出多大的耸人听闻，关键要看有多少看客与推波助澜的，如果不热闹，就是孤零零的一个看客，你就是发布了一条“万里长城被镶了金边”也不算“爆炸”新闻。

作家梁晓声在《忐忑的中国人》一书中说“人类是地球上最爱‘热闹’的物种”，换一个物种都不会“围观”当看客，进入微时代，街头的看客转移到了微博上，甚至闹市的热闹都不如微博热闹。

从国人的微博中我看到的多是看客心态的看热闹，看不到几个“斗士”的勇猛与壮烈，看不见几个为了闯进中国改革深水区不怕断腕的壮士。

微博折射的国人集体人格也正是我们民族文化的一个缩影。

» 如今还能吃点啥

说起能吃点儿啥，我这眼泪就哗哗地。按说如今这兜里的钱多了，日子滋润了，讨个口福该是囊中取物一样容易了，可眼下就是不知道还有啥东西可以狼吞虎咽地吃。过去说长膀的风筝不能吃，长腿的板凳不能吃，可现如今就剩下吃风筝、啃板凳不会发生食品中毒事件了。

瓜果梨桃农药超标，青菜萝卜化肥超高，牛肉注水，羊肉不骚，牛奶不纯，筋道的东西就加明胶，没被污染的就被造假，不能造假的就被假冒。

所有的食品成分都离不开“化学”了，真是有学问。一小盒饮料竟然含有10多种添加剂，一款口香糖竟含16种添加剂，这还算“好汉做事好汉当”，敢不遮不掩的，更多是狼心狗肺的厂家、商家往食品中加了什么东西他还不说，“打死也不说”，坚强程度可比当年那个被抓进白公馆的甫志高硬多了。有专家算过，当下在县城以上城市居住的市民每天都会吃进76种添加剂。

可这些祸国殃民的“举国”行动为什么总是记者们在披露呢？从苏丹红、三聚氰胺、地沟油、瘦肉精到狐狸肉冒充羊肉卷，明胶粉丝变成鱼翅，都是记者首先曝光，咋就没发生过行政执法、监管部门的首先发现、查出呢？即便不是记者首先披露，也是根据群众的举报才被发现。真是不可思议，国家花那么多银子养的真是一群酒囊饭袋吗？

其实，各地的监管食品安全的部门发现不了各地食品中的问题，不是他们无能，而是他们太“狡猾”了。他们是咋样狡猾的呢。老夫就不说了，因为地球人都知道。

近期山东某地生产的生姜就实行着“内外有别”的标准，用剧毒农药种植、硫黄熏烤的姜在国内销，而土法种植、无毒加工的姜就卖给老外。出口之前，我们的食品、质检、检疫等多部门都能通力合作，层层把关，连泥土中有纤毫的安全隐患都被检查出来了，谁敢说我们的食品安全监管不力？这要看是为谁服务。凡俗百姓，人微言轻，就让你“以身试毒”了，就把你吃成残疾了，法律也是拿厂家、商家开刀，也奈何不了我监管部门。现如今都愿意拿法律不健全说事，其实，《食品安全法》实施之前就有《食品安全管理条例》，管食品安全的法规从来就没缺失过。如今的问题不是法不健全，而是监管者不管，为啥不管，这也不是秘密，更不是“哥德巴赫猜想”吧，无须我在此多言。

如今的食品安全问题比战争问题还威胁着中华民族，我们还能放心地吃点啥真的到了最危险的时刻。

5月3日，“两高”联合发布《关于办理危害食品安全刑事案件适用法律若干问题的解释》，该解释被媒体解读为对食品安全犯罪进行“史上最严厉”的惩治，无论从制作、储存、销售等流通环节，还是从立案、查处等监督环节，都有具体而严厉的处置解释。这些严厉的法规对根治食品安全问题和提振民众对食品安全的信心，还有待时间的验证。多好、多严厉的法律也要有执法者去真正地执行才行。依我看，现在我们最缺少的就是要有一部法规能管住不作为的监管者，监管者的不作为才是最有毒的东西。

» 给自己洗心

春节前，给居住的寒舍扫过了尘，给行走的车辆去过了污，给办公的地方做了清洁，该拜访的长辈都去过了，该送晚辈的红包也装好了，好吃的买够，好喝的备足，就等着新春叩门、金蛇狂舞了。

一年又一年，周而复始，虽说有些变化，可也不大。就像办了31年的春晚，尽管舞台灯光随着技术的进步越来越让人眼花缭乱，但总的主旋律还是国泰民安、喜庆祥和，无非是那些明星们你方唱罢我登场，常客只是容颜改。

新年企盼别人给自己个新气象那是没指望的，自己出新也弄不出什么花样。再美好的节日对于经历了近一个甲子的老人来说都会疲惫，但谁能不面对风俗。只要活着，就要与这个巨大热闹的年“角逐”，还要美好地面对，那就把自己也“打扫打扫”吧。老夫是个无神论者，还不能做到在上帝面前忏悔一番，但给自己“洗洗心”还不是一件难事。

于是我决定关掉手机、断开网线、不出小区（遛狗除外），老老实实在家拿出心灵的洗涤剂，为自己“洗心”。人的心灵锈迹各自不同，老夫的污点在哪里呢？官欲我是没有了，早在30年前就自我了结了，我从一个能遭到提拔的要害部门到了一个可有可无的部门，就是要躲避官场的高风险。有高人为我指点，就凭我这样的愚耿性格在政界混迟早都会“伤害”他人，所以，被人算计不可避免。那么躲到一个相对无利、无权的单位，就会少些风险，官欲与我无关。

那么物欲呢？也不算强，我从没被金钱奴役过，该得的我要了，不该得的我从不伸手，大半辈子就没羡慕过大款，就是让我的人生之路再有八次轮回，我也不会想着有一次去做地产商，日进斗金。

那么情欲呢？这倒是有过熊熊烈火的时候，如今已是一堆灰烬了，念头中倒是想蹿上几缕火苗子，可肉身不跟着同步走了。再说了，情欲这把火要是随意燃烧那就是“放火”，谁敢？自己就给自己当了“119”。

想想倒也清净，自己为自己的心灵无尘可洗而得意，于是就看看书。节前恰好买到余秋雨的《中国文脉》，读着读着心中突生羡慕，都是写字的人，余秋雨把中国文化发展传承的脉络书写得如此条理清楚、深刻剔透、优美奢华，让我在敬佩的同时又那么自卑、羡慕，掩卷遐想，我怎么就写不出来呢？

我突然一下子明白了，这不正是我的攀比之心导致的羡慕与嫉妒吗？我这哪里是读书呀，而是在攀比，还找了一位不对等的大师去攀比，这恰恰说明我的心中也想要有人家余秋雨的思想与才华。别说自己没资格与余秋雨相提并论，就是具备了资格，也不能贪念人家的思想与才华呀！羡慕与嫉妒别人的好东西，无论是有形还是无形都会让思维不安静、情绪不淡定、灵魂不真诚。我终于找到今年春节要好好洗一洗的尘土了，它就是我灵魂暗角之处的污垢。这堆尘土就是想让自己的思想与才华也能超群拔类、卓尔不凡，让别人敬仰。

这种贪欲虽然对他人、对社会构不成伤害，可却时时在潜暗之处伤害着我。我应该明确地知道，这个世界除了美德与爱心需要我奉献之外，其他的都不需要我再上前了。特别是思想与才华，人类其实早就思想富足、才华冒漾，当下我们连轴心时代的文明成果都没有用尽，我既不是大师，更不会成为天才，如果再积极进取、一展风采，在大众的眼中就是嘚瑟了。我安静下来，我不攀比，这不仅使自己没了烦躁，也让那些想与我攀比的人平静了不少。

对了，蛇年春节就洗一洗自己心灵中羡慕、嫉妒人家有思想、有才华的尘土吧。

» 模糊在语文中比准确更美

语文教学在应试教育中比较复杂，中国语文除了“载道”的教育功能之外，还有“字、词、句、篇、章”的独立语文知识。字与词的解读当然来不得模糊，就是近义词也都有着纤毫的差别，谁模糊了，谁就误解了表达者的本意。例如，高兴就是高兴，是不能与开心模糊的，崇敬就是崇敬，换成了崇拜差别就大了。但要是解读《诗经》中的一句话，唐诗中的一个句子就没有唯一的标准答案了。大致、差不离、基本符合原意就行了，千万不可精益求精，就连对《诗经》中的一些句子的误读也是美的，如“七月流火”就是“热”，不是“热过去了”，谁要是用正确了，反倒被大部分人误解。模糊地解释、模糊地接受，恰恰拓宽作品的内涵，“夜半钟声到客船”，不是“五减二等于三”。

3月6日人民网有一条消息说，作家王蒙到武汉大学讲授“语言的功能与陷阱”时，举例说他在辅导上小学四年级的孙子的语文，也不会做阅读理解题。“题目说：窗户外面长着高高的杨树。让在四个选项里选一个意思相同的句子。我看来看去，四个选项都对，我还真不会。”我们也没必要在这里为读者掰扯那个扯淡的试题了，更何况我们的水平也不会在王蒙之上。

王蒙讲述这个故事绝不是表白自己的谦虚，明显是讽刺当下的语文教学在玩“故弄玄虚”的自我神圣，是想让世人看看语文教学是多么专业，多有学问。这可比鲁迅笔下那个知道“回”字有四种写法的孔乙己还会卖弄。

这些年，我的十几篇文章也被一些省、市、区的中学弄到语文试卷中，出了好多考题，开始我还好奇，认真地阅读和参与答题，可越看越“跛棱盖儿挂掌”——离蹄（题）儿太远了。学生咋答的我不知道，反正我是答不上来，我写的时候也没有出题者想得那么复杂，我要是真能想到那些，我就不会写了。

如今的语文试卷评判标准都有标准答案，你的回答如果没有答案要求的几个关键词、关键点，就不算对，回答问题不需要有多好，只需要钩上标准答案就行了。

语文教材中的多数文章都是文学作品，对文学作品的解读我觉得像汽车的方向盘，用的是“模糊数学”原理，不要精确到向左35度向右45度。舒马赫瞬间的灵活与准确度不是事先计算出来的，那是他完全模糊后的感觉准确。就像一首交响乐，你交代一下大致创作的背景也就够了，每个听众能接受多少，那纯属他个人的事情，每个人的理解程度不能接轨、不能交换。一个彻底的唯物主义者与心中有上帝的人对巴赫《来吧，甜美的死》的理解是无法一致的。

文学、艺术的主题不可能有唯一的答案，一首诗歌的魅力之所以无穷，就是你对它的理解是动态的。语文教学也是如此，教师要激活的是接受者的审美意识，要因材施教。那些经典你教不教，他学不学，人家还是经典，如果在教学中我们能给学生一个标准答案，那么这个答案在小学、中学、大学就应该是通用的。可事实上恰恰不是，从幼儿园开始就学李白的《静夜思》，到了初中、高中、大学，甚至当你成了古代文学的教授还在写《静夜思》的学术论文，你说一个教授与幼儿园孩子心中的《静夜思》的解读能有一样的答案吗？把语文试题的标准答案让位给“模糊解读”才更接近正确。

》 自我救赎不能遮丑

著名作家刘心武从16岁至68岁公开发表的约900万字40卷本的《刘心武文存》近日由江苏人民出版社出版。特别是第39卷《懵懂集》还收录自己在“文革”期间陆续写下的一些歌颂“文革”胜利成果的作品，这让我惊叹不已。

我在“文革”后期也写过不少“帮派文学”，并公开发表了一些，可那些东西我从不敢提起，总以自己当年初出茅庐就被洗脑了而原谅自己。原谅自己不难，难的是我甩不掉那段赖皮赖脸缠着我的记忆。我把那些杂志与报纸藏在书房的暗角，后来连保存都不敢了，统统烧毁。可出版部门的存档不会因为那是时代的蒙羞就不要那段历史吧。于是，总觉得那是我人生的一个污点。虽说我不是名家，造不成多大的坏影响，但我思考的是人性，我苦恼的是内心的纠结，为什么我明明不信有阶级敌人的存在，还要编造出作品中的“阶级敌人”？那时写作还没有稿酬的诱惑，只是为一个虚名（现在看那是恶名）就能违背自己的良知吗？我总想找到一个实例，来证明一下我是可以原谅的。

3月6日《中华读书报》上见祝勇评论《刘心武文存》的文章，有一段刘心武的话：翻阅自己这40卷文字，特别是第39卷《懵懂集》，我有时会脸红，有的文字，为什么那么幼稚？那么笨拙？那么紧跟主潮？那么背离真实？但那就是我自己写下并公开发表过的，不能隐瞒，只能留以备考。这说明我自己也应该对自己的不足进行批评，对自己的失足进行批判。说真的，下决心编出这一卷，是需要勇气的。我考虑的是，我的《文存》可以不成功，但不能不诚实。

我终于知道了自己找不到打开心结的钥匙是我还在“遮丑”，30多年了，总是不忘寻找可以原谅自己过错的佐证，我是想告诉别人，谁都可以犯错误，名人也是，我算什么。但我绝不敢展示丑陋，绝不敢把那些在价值观上绝对错误的作品再度收入文集。

如今刘心武这样做了，我的心结也终于打开了。我当然还没有资格出文集，也把当年那些“左”得荒唐的“口号文学”、“标语文学”重新出版，向世人忏悔。但刘心武帮我解开了心结，如今我能把这些忏悔的文字也表达出来，就是完成了一次自我救赎。

»“励志”能为人立志吗

别看中国人不喜欢读书，但喜欢写书，写书是成功人士的重要佐证之一，传统的人生成功信条有“三立”之说，谓之“立德、立功、立言”。“立言”虽说是“小三”，但有斯文、儒雅的光环罩着，“立言”这个“小三”倒有了卓尔不群之效。特别是当人们的道德崇拜情结处于零度低点的当下，“立功”者若无言可立，容易被误读为成功有背景，当官的花了钱。那么，要是有两部大作出版，往那一摆，絮叨絮叨自己成功的经验，就可证明我是能为他人输出心灵恕语的文化人了。为官的就成了学者化的领导，做买卖的就是一代儒商，这可比组织受封的荣誉更给人增辉。

中国每年出版的各类图书总数达25万多种，不可否认，这其中真有一批优秀的好书，但是，好书在销售上总是输给不是好书的书，因为这世上有一半的书是笨人写给笨人看的，其中就有那些为“立言”而张扬自己是成功者的美丽谎言。这些用恕语絮叨出来为别人励志的书最有代表性。

国人的成功者有一大毛病，就是好为人师，卖煎饼果子的一旦门庭若市，就自恋其当初的打拼精神；夹着尾巴一辈子低三下四才熬到个处长，就觉得是飞黄腾达的人生；能写出几篇编辑不改的文章就以为是知识分子；人生路上甩掉了几个同行者就以为是领头雁，于是其鸣就想为天下报晓，其言不忘为他人励志。

但考察起来，能起到立志效果的几乎看不出来。还是易中天的见解对：一个人有没有“志”是自己的事情，不是他人“励”出来的。实话实说，对现在的青年人而言，不是励志不励志，而是应该泼点冷水，降降温、减减负，让他们少些成功的梦想，多些健康的成长才是正道。

连一度忧国忧民的知识分子近年来最操心的事儿也不是民本、民生，也愿意帮助别人励志。过去的人讲“立志”，是说自己要树立远大理想，不扫一屋也要扫天下。如今这“立志”变成了“励志”，你要是去书店买一本“立志”的书，连卖书的小妹妹都会说：“先生，你弄错了吧，应该是‘励志’吧。”

是啊，这可不是换了一个字的小事儿，“立志”是自己给自己打气；“励志”则是他人给别人加油。由自己决定该不该干的事情变成了由别人督促着干的事情，是不用立志就能干的事情。一个人的宏远志向怎会匍匐在“立竿见影”的泥土之上呢？

就像明朝那个“木匠皇帝”朱由校，无论哪个进谏他、励志他，让他在国难当头、内忧外患的时候要“祖法尧舜，宪章文武”，可他就是不立志，反倒对木匠活有浓厚的兴趣，整天与斧子、锯子、刨子打交道，只知道制作木器，盖小宫殿，将国家大事抛在脑后，成了名副其实的“木匠皇帝”。虽说上帝面前人人生而平等，但每个人天生的禀赋还是各有不同，乃至区别很大的。朱由校皇帝大概因为天赋在于动手能力强，所以他的“立志”也就集中体现在了他对于木匠活的喜好上。晚明时期的家具精巧华美，有钱人家都以采购制作高档家具为时尚，推想起来，当时那些做得一手好木工活的民间手艺人，就是最有成就的人才了。朱由校也是年轻人，难免喜欢追逐时尚，如此，朱由校会立志当个好木匠也在情理之中了。

历朝历代为了江山社稷，为皇子皇孙励志的给力程度不亚于“雷霆万钧”，可播下龙种，收获了跳蚤也是常事。那么咱老百姓家里有点儿文化的靠苦口婆心，没什么文化的靠嘚啵嘚啵嘴，哪个家长没为孩子的成长励过志，可哪个杰出的天才是别人励志励出来的？我励志我的女儿要成为画家，光学费就花掉我两头牛，可如今她在纸上还是换不回我一条牛尾巴。

如今不仅大人为孩子励志，专家、学者、作家们都开始为天下的人励志，好像这世上就没了“胸怀大志”者，有志的就剩下为别人励志的了。屡屡高居畅销书排行榜前列的都是励志的书，据调查，广州购书中心励志书达1300多个品种。那些傻乎乎的家长以为孩子读了这些励志的书从此就有“鸿鹄之志”了，错过了这些励志的书，就都是屋檐下的“小家雀”了。

别说那些不懂事的孩子，就说那些为别人写励志的“伪文化人”吧，他如果还有点智慧就不会干为别人写励志书的扯淡事。写励志书，编励志格言、警句，拍励志电视剧的那些人连自己都找不着立志的方向，还能为人家励志吗？易中天对励志的评价是“我对励志和培优深恶痛绝，这是摧残人性”。

我们的文化价值观中励志的含量从古至今都是超标的，从家长到师长，从领导到学者，稍稍混出个人模狗样的就喜欢为别人励志了。总是操心别人不成材，可你真的稍稍崭露头角时，保准就是他出来掐尖了。就是当初为你励志的亲人、师长也怕你的志向是好高骛远、不切实际，当初的励志也变成了当下的拖后腿。所以，那些被白领、小资、小清新、小确幸一族视为心灵家园的文字虽说还不是灵魂的鸦片，但它至少也算是精神的烟草，弥漫到了每一个青少年的阅读空间。从这些人的阅读中我们看到了大众文化景气的指数还处于生命的开裆裤时期。

某出版社编辑段洁认为：“国内图书市场每年都有假书，规模或大或小。其实只要励志意义做到了，能给人一种生活的启发，故事的真假就不用追究了，这个世上不能缺少谎言。”段洁的观点在出版圈内有一定的代表性。从表面上来看是对“励志”的肯定，实际上则是伪造人性与生命的真实，这种极端可怕的观点付诸行动之后就是完全歪曲了生活的真相。如果虚假能引领人生，救赎苦难，那咱们读书人就天天扯淡吧。如今的人哪个不是被欲望摧残得近乎狂热，我认识一个收废品的小子，连他都想做一条街上的老大。估计也是中了“励志”那些豪言壮语的奸计了。要我说，为了人的幸福指数着想，倒是该为人的欲望减压、放气，套用马斯洛的一句话：励志学永远不会产生奇迹，真正让一个人改变的是对自我的觉察！为什么最不用别人操心的事儿总有人为他人操心呢？怪了！

» “丧家犬”是伟大的形象

那天我在马路的绿化带中发现了两个幼狗，可奇怪的是没有链子拴着，两个小家伙见我牵着一条大狗过来便夹起尾巴，背着耳朵警觉起来，我马上轻轻地抚摸它们的头，让它们安静下来。

我无法确定它们是不是“丧家犬”，如果真是没有主人的流浪狗那就是我大半生见到的最小、最可怜的“丧家犬”了。我一下子就心酸起来，可又不敢盲目救助，也许是主人暂时放在这里的。我马上离开，看不下去那两只幼狗的惊慌眼神。

我在内蒙古长大，对狗有着水深火热的情感。我知道狗若是没了主人，就是一堆肉骨头把它埋了它也不幸福，“丧家犬”是最可怜的狗。

由此，我一下子想到了1972年全国开展的“批林批孔运动”，说孔子就是一条“惶惶不可终日，周游列国，要官不得，讲学不成的丧家之犬”。那时我不懂孔子为啥要官、讲学四处碰壁，但我却同情了孔子，因为他是“丧家犬”。40年过去了，孔子不仅没被批臭，反倒全身镀金，孔子学院漂洋过海，实现了真正意义上的“周游列国”，并且是以国家文化符号的形式展现着孔子的形象。

现在思考起孔子当年周游列国宣传他“实施仁政”的理念，“克己复礼”的主张，那本是一个有良知、有担当精神的知识分子的形象。从56岁开始，孔子14年在路上。他居无定所，从鲁国一路向西，顶着风沙漫漫，迎着冷眼寒凉，没有君主、国王重用他，但孔子绝不是为了在某一个衙门口做官、当学者。他要干的事情就是让朝廷实施仁政，向读书人启蒙周礼。

孔子之所以成为孔子，就是因为“丧家”，否则他要是被哪个君主重用，即便不会变成“皇权的帮凶”，也会是“思想的宠物”。孔子不是有主人的宠物，孔子是真的“丧家”了，他属于“列国”。他的主张在春秋时代就有了“列国价值观”（老夫独创一词）。

凭孔子当时的名气与学问，找个主人有个家园易如反掌，可孔子宁愿风餐露宿行进在孤独的苦旅上，也不愿被皇权豢养。因为孔子构建的生命基调是中华民族精神的正能量，仁善、敦厚、宽容、优雅、高贵、快乐、嘹亮，这一切人类美好的精神在孔子的学说中都能找到源脉，今天的中华民族文化就是对儒家学说的传承与发展。

但是，凡是美好和正确的主张都很少被当世强权专制接纳，甚至还一次次地被抹黑、被误读。就如孔子，不仅人生的角色丧家，连精神的家园也无法构筑。孔子的春秋时代，各个国君寻找的不是理念上的仁、义、礼、智、信，而是治国的方略，是纵横家的谋略，是法家的权威，你就是有点儿鸡鸣狗盗的雕虫小技，也有成为“养士”的可能。孟尝君手下三千门客不抵半个孔子。

所以，孔子这个“丧家之犬”的形象是伟大的，用现代一点儿的话说，是有独立人格的知识分子。别看孔子的君子之道在当时没有被采纳实施，可作为伟大的哲学家、思想家、教育家孔子是站在了人类文明轴心时代的东方之巅，他灵魂的高度迄今无人超越。在一个地域辽阔，人口众多的国度里，就是因为有了孔子、有了儒家学说，连宗教都失去了土壤，这是多么伟大的力量。

由此可见，那些把孔子不被官场重用，视为丧家之犬的人，才是一条真正怕失去主人豢养的狗。倒是孔子“丧家犬”的形象是伟大的，那是一个文化圣人的自我放逐！就如余秋雨在《中国文脉》中所说，“这个苦旅途中大个子的真正君子”形象不仅万古长青，也让世世代代的读书人不当官也有神圣感，没有家园也温暖，因为灵魂闪光。

» 家无住房就如国无领地

国家之所以叫国家，要素之一就是有一块属于自己的领土，没有领土的国家那叫“流亡政府”。没有住处的“家”叫盲流，盲流的最大愿望就是尽快找到落脚之地，有个居所安个家，没有住处的男人叫“流浪汉”，“流浪汉”的最大幸福就是有了住处，不再流浪。

无论是国家、企业、公司还是家庭要想立足，先要有立足之地，这个立足之地就是住所，就是房子。从古至今，房子都是独立生命的私属领地，是保护自己、享乐人生不可缺少的窝，幸福感没有房子的接纳就是散在大街上的纸币。

幸福很复杂，你要是上升到形而上的高度，连黑格尔的定义都有人未必认可；可幸福也很简单，简单到了小确幸的女孩出门遇到帅哥凝视片刻就如阳光普照。

普通的大众最基本的幸福感除了没病没灾，有工作，就是下班之后有个居所，这比有个“爱人”都重要。可这么个形而下，下到了下里巴人都明白的常识问题，北京市党校教授吴刚竟然不懂。2月22日，在北京市宣传贯彻党的十八大精神“理论家新春走基层”活动中，吴刚教授在北京西东里社区，为居民讲解老旧小区改造的意义时说，“居住的幸福感与房子好不好并没有直接关系”。

按吴刚教授的理论，党中央国务院这些年最大的失误莫过于建设“安居工程”了。这一项从中央到地方耗资巨大的工程就是要改善贫困市民的居住环境与质量，从而提升人们的居住幸福感，可在吴刚教授的理论体系中竟然成了“没多大关系”的一件事。既然如此，吴刚教授就先把自己的家搬到棚户区，与那里的居民群众打成一片，这样在居民中宣讲十八大报告，宣讲马列主义的幸福观既方便又有说服力，这可比空谈主义更能立竿见影了。我估计他不会，吴刚教授宁可飞上不食人间烟火的广寒宫去忍耐寂寞，也不要人间烟火浓烈的棚户区。

有房子、有大房子，就是有了金銮殿都与幸福无关，那是不同个体的例外。就像有再大房子的女主人也容不下“小三”，可不是人人都有“小三”的，有三宫六院也装不下争风吃醋，可皇帝只有一个呀。这事儿谁都知道，但要是连房子都没有，那就连夫妻恩爱也没空间搁置了。吴刚教授不能因为吸烟的人还是活着的多，就说吸烟不直接导致死亡吧。就算接着吴刚教授的命题说，居住的幸福与房子无关，那么倒过来说，无房居住还有幸福吗？就是租房也要租得起，如果一个人到了寄人篱下的地步，连做人的尊严都没了，你还能从他的心中找到幸福感吗？

不要列举过去居住大杂院的四世同堂，几户人家共用一个厨房，照样其乐融融。我家20世纪50年代住的筒子房就有一位13级的副县长也住在中间，他老婆从没觉得他家就应该去住大房。他家如果把一户人家撵走，改造成自家的独立厨房，马上就会引起筒子房的骚动，人们其乐融融的幸福感瞬间就会崩塌。

现如今，别说县长住在棚户区，就是个科长、股长也不在棚户区里住了。一些有头有脸有尊严的小官员、大老板、教授、调研员都住上了冬暖夏凉的大房子，可欲望并没满足，觉得幸福真的与房子无关，可不能因为他们没找到幸福，就否定幸福原来与住房无关呀。政府在为千千万万的市民安置好住处，住上大房子还没找到幸福感的人，那是他们自身心灵修持的事儿，党校的教授去开导这些人才是有的放矢，面临旧房改造的居民最想听的是今后的住处是个咋样。

» 皇帝不急太监急在餐饮业的现代版

此文不用老夫破题了，大家都知道这个民间的精彩典故。之所以又把这个满是宫廷色彩的一句俗语折腾出来，就是因为当下现代社会的行业社团组织又扮演着太监的角色，为“皇帝”操心了。

这个组织就是中国烹饪协会，1月25日央视新闻联播报道，中国烹饪协会24日在京召开餐饮业“反对铺张浪费倡导文明节俭就餐”研讨会。向全国餐饮行业发出倡议：倡导文明餐饮，反对铺张浪费。这是烹饪协会继2006年之后再次发出相同主题的倡议。

听着这样的倡议，我突然想到马三立老先生的相声《逗你玩》，中国烹饪协会的愿望真美好，可这是不是有点儿拎着水桶上戏台——乱打家伙什了？餐桌上的铺张浪费该操心的不操心，不该操心的反倒操心了，这不是“皇帝不急太监急”在餐饮行业上演的现代版吗？

餐桌上花天酒地、暴殄天物花的大多是公款，公款不归中国烹饪协会管，有资格花公款的人也不归烹饪协会教育，大到大酒店，小到小煎饼铺子与中国烹饪协会也没有一丁点儿的隶属关系。烹饪协会与公款吃喝、铺张浪费的粘连程度能像皇帝与太监那样完全彻底吗？所以，太监急了，还有急的责任，烹饪协会急了，连急的名分都没有。

大酒店做餐饮，就要做出山珍海味，满汉全席，做的档次越高，评上的星级越高，才能生意兴隆通四海、财源茂盛达三江。如果进来的客人都点煎饼果子，我支个地摊不就结了，干嘛投入巨资建造大酒店，五星级大酒店请一个头厨一个月就数万元，大酒店要是真心希望前来消费的个个都精打细算、省吃俭用，那就是脑袋瓜子被大马勺拍过——弱智了。

如今谁都知道，中国的餐饮业能做得风生水起，气象万千，如火如荼，长盛不衰，其首功当属公款消费。公款虽说姓公，但你要花两千元买个金戒指送给领导你就是行贿，可你花了一万元请领导吃饭，就算接待。行贿是犯法，接待是公务，虽说花的都是公款，可这鸭头不是那丫头，这鸭头的头上没有桂花油。

国人的这个行为有点意思，不在乎你糟蹋了多少公款，而在意你以什么名义糟蹋，名正则言顺。为啥吃了喝了就行，买珠宝首饰送礼就不行？这是因为酒桌面前大家都能平等地使用一双筷子，都有一张嘴，制造出的是胃口面前人人有份的机遇。能聚团儿吃饭的人北方民间有伙计之称，是哥们铁的象征，关系不好，桌上不聚。到了现代社会，酒桌就成了礼节与礼仪的舞台了，吃的意义已经不大了，是在通过酒桌文化展演人的社会符号与等级关系，满足人的等级虚荣，人们借着酒的兴奋，把会议室里无法表达的心声再次吐吐“真言”。酒桌上的佳肴不是食物，成了验证主人尊重嘉宾的一张试纸了。既然这是酒桌文化约定俗成的潜规则，摆阔就不用别人操心了，只要你手中有公权，账上有公款，吃吃喝喝又不算腐败，签单谁不会，花的不是我的钱，我是不会心疼的。

如今党中央再次倡导勤俭节约，反对铺张浪费，这样几条几款的“决定”可不是头一次了。哪次有效？我不知道，但哪次无效，我都知道。如果这次的狠刹吃喝铺张之风，又成了中国烹饪协会首先带头向没有公款吃喝的餐饮行业发倡议，那不就成了“皇帝不急太监急”在中国餐饮业的一次现代版逗你玩了吗！

» 以德治国，以啥治德

这些年缺德的官员不少，这是为什么呢？难道官场真的是染缸吗？当然不是。在我看来，德，体现在国人的身上是不等值、不等价的。例如，为人师表者要有师德，悬壶济世的要有医德，为民做主的要有官德……可面朝黄土的就没听过有“农德”，也没听过做买卖的人要有“商德”，商人只要做到买卖公平，为人诚信就足够了。历代皇权与政府对社会底层大众都没有多高的道德要求。

但为官者不行，为官者在中国历来都是由读书人中的优秀分子来担任的，他们的地位与职责决定了他们“学而优则仕”的身份。他们在人治体制下掌权，其个人的道德品质高下，要比能力大小更决定着行为的成败。这其中不仅是官员的行政能力也包括他们个人的升迁。中国古代知识分子的道德体现在“天下情怀”与“名节骨气”上，尽管是“学成文武艺效于帝王家”，可他们还是以思想、智慧高于皇帝而自豪，既然为官就要“流芳百世”，绝不“遗臭万年”。

历史的事实也告诉我们，官德在漫长的古代社会始终与政权安乱、国运兴衰、百姓祸福紧密联系在一起。官德兴，政权安，国运旺，百姓幸福；官德衰，政权乱，国消亡，百姓遭殃。

那么，由皇权掌管天下变为政党管理国家之后，官员的性质就发生了根本的变化。制度的设置就不再是把国家的安危、人民的利益托付给一个人了，他道德高尚，就造福一方，他道德沦丧，就祸害一方，没有严重脑外伤的人都知道死的制度比活的人好控制，相信好人当官有好的道德，就不如相信不管谁做官，都得循规蹈矩，听人民的话，不瞎折腾，可是我们有些时候恰恰知道常识，却不运用常识。

中组部原部长李源潮曾指出，领导干部要有敬畏历史、敬畏百姓、敬畏人生的敬畏之心。约束官员之“德”，就是让他们有所敬畏，而不是为所欲为。约束官员之“德”，不全在所谓的政绩指标，而在于“公开监督”，在于“群众满意度”。干部言行是否一致，权力是否滥用，道德修养如何，是否维护最广大人民的利益，把“考核表”交由民意来填写。这样一来，官员在日常工作与生活中就不会乱来，官德缺失的现象也会一天天好转起来。

没有让官员敬畏的约束力，官员的道德自身不会净化，别说中国人这样，美国也一样。据媒体报道，狄克森州立大学的一份审查报告指出，因“极度缺乏控制和监管”，该校自2003年起，录取了数百名不具备入学资格的外国学生，并在没有完成课程的情况下授予学位。中国有近20所高校牵涉其中。据报告披露，参与该校双学位项目的学生有95%是中国人，剩下的5%是俄罗斯人。丑闻曝光后，该校教育、商业和应用科学学院院长自杀谢罪，一位副校长引咎辞职。

就是因为我们有了监管不严的“海归文凭”市场，才让美国的高校院长也跟着一起缺德了，竟然要了院长的性命。反观我们那些乱给官员发文凭的院长们咋就没一个脸皮薄儿自杀的呢？

中共中央政治局常委、中央纪委书记王岐山2012年11月30日在京主持召开座谈会，听取专家学者对党风廉政建设和反腐败工作的意见和建议。他强调，“信任不能代替监督”。

中央领导同志一再要求各级党员领导干部“为民、务实、清廉”，实际上，这正是官德教育的基本内容。在实际生活中，有不少领导干部嘴上挂着“以德治国”，但常常忽略了“治”的一个重要前提就是得有一种力量能“治官德”。要严格监督各级领导干部从政的行为，找不到这个力量，官德就永远不会高尚。

» 马云的成功不是成功的标准

马云说“成功不成功跟读书多少没关系”，有关的是“情商”。这话正确，起码是马云的切身体会。我从马云的口才、机敏与精明的程度可以断定马云是个情商超高的天才，这样的人如今最容易在商场成功。一个在商场成功的人士如果说他还痴迷于读书，那就是在编造神话。不信我们把中国商场成功的500强民营老板集中起来，不用大学教授出题，我来就行，考考他们一年读过几本书，不出考题，就测试一下读书情况，我敢断定，这些人一年读的书不会超过以色列国民一年读64本书的平均数。

我同意马云的说法：“读书像汽车加油，得知道去哪里，装得太多就成了油罐车。不读书和读书太多的人，都不太会成功，所以别读太多书。”我们上班下班是不能开油罐车的，可我要是一位给需要加油的车加油的人，我开油罐车就算成功吧。

马云观点的致命错误被大家忽略了，那就是马云认为像他那样的人才算成功。可在我的眼里那些才高八斗、学富五车，月收入3000元，无大房、无豪车的人更算成功。例如，那些研究哲学、美学、历史的专家学者必须是一个读书的“油罐车”，他们的贡献永远比那些日进斗金的成功人士更让我尊重。我不仅自己愿意清贫着，多读书，成为一个有良知的知识分子，也不愿意我的孙子成为马云那样的成功人士。

当然，马云的成功是大众认可的，就像走仕途当高官这对于国人都算成功之路。可除去“升官发财”还有无数条的大道也都通向罗马呀。

有一位总统的母亲对成功有着比马云还独到的见解。她就是美国第33任总统杜鲁门的母亲，杜鲁门当选后不久，有位客人前来拜访他的母亲。客人笑道：“有哈里这样的儿子，你一定感到十分自豪。”杜鲁门的母亲赞同地说：“是这样，不过，我还有一个儿子，也同样使我感到自豪，他现在正在地里挖土豆。”

有些人是无法理解的，只有当过总统的母亲了，她才有体会，当总统的儿子不会是一个母亲的儿子，他是一个国家国民的儿子，这样的儿子能满足你的虚荣心，给你自豪感，可就是不能给你儿子的温暖。杜鲁门的母亲以挖土豆的儿子为自豪，那是因为他属于自己的儿子，是一个母亲能享受的亲情，招之即来，呼之便到，触手可摸的温暖要比“皇恩浩荡”更有人情味。当总统有时是母亲遗憾一生的事儿，如那些被暗杀了的四位美国总统，这无论对于他们母亲还是自己都是最不成功的人生选择。

生命的成功标志是内在的幸福，细想一下那些存款后边不断添加的零和不断被人家提拔的级别到底能让你幸福到哪里？它给你的是兴奋与激动，不曾拥有时还向往着，一旦拥有了，还是不能满足，又开始了躁动。拥有权力和让钱生钱的欲望像吸毒，自己无法停止，一个人的生命完全处于这样的折磨之中就不得安宁了。

我们都面对两个世界，一个是外在的，另一个是内在的。人对外在世界绝不自私，几乎把全部能量与“资本”都投给了外部世界，与天地争斗，与社会打拼，与对手谋略，与朋友应酬，与同事纷争，都是鼓足干劲，乐此不疲，可对于内在的灵魂世界就不好好给养修持了。

一个人能满足于自己的一份工作，满足于自己的一个小店，满足于“二亩地，一头牛，老婆孩子热炕头”的生活，在我看来就算成功，因为他内心圆满了。如果一个人得到了奥运银牌，可他终极的理想是金牌，他也会内心缺憾。

秦始皇是遗憾的，他无法找到长生不老的灵芝草；愚公是成功的，他坚信子子孙孙无穷匮也，山却不会增长；王婆是成功的，她自恋的叫卖不是为了出名，而是她的自我陶醉。

成功的人生之路一定是平静的，是自我内在的不烦躁、不发疯，不见钱眼开、不唯利是图，一个人要是欲望无限，就不会实现生命意义上的成功。

» 《江南Style》的蹿红与“骑马舞”的嘚瑟

韩国鸟叔歌手朴载相的《江南Style》伴随他的骑马舞，成为新一代的“神曲”，这首歌不仅旋律摇摆，荧屏中鸟叔朴载相的骑马舞更是如袄袖子着火——紧嘚瑟，把小甜甜布兰妮都忽悠得坐不住了，也假装地骑上马背开始嘚瑟了。

可我在写这篇稿子之前却不知道《江南Style》是个什么意思，前边两个汉字老夫认识，可后边的字母“Style”就让我发蒙了。也许是翻译就这个水平，他也不解其意，就原文照搬了，或许就成心让你一半明白，一半糊涂才更有魅力，但我要写文章就不能假装明白了。于是去百度，原来Style是“风”或“范儿”的意思，是韩国首尔南边一带富人的风范，难怪翻译不直译，说出来不如不说出来有意思，就像“假洋鬼子”会了几句英语，对中国姑娘就不称“陶小姐”偏要叫你“密斯陶”一样了。

平心而论，在整容成风的韩国演艺圈，34岁的朴载相一副典型的大叔模样，荧屏中的他也经常是一套西装革履跳着舞，唯一能提高他品质的也就是那副墨镜了。但就是那种“死猪不怕开水烫”的演唱架势，和类似骑马扬鞭一样的“舞步”却真的火了。平心而论，鸟叔朴载相的舞步没有一丁点儿的艺术气质，甚至就是马屁股都没沾过的人才有那样的感觉，才跳出那种不伦不类的舞步。当然舞蹈的语汇不必太似，但也不能太不似。你就看朴载相那个大裤裆吧，就不是一条骑马的马裤，上下嘚瑟还能蹿两蹿，横着嘚瑟就劈不开腿了，别说骑马裤裆太宽了，就是骑个毛驴那裤裆也肥呀！但他能征服一些国家的网民，这完全是时尚风的效应。时尚的歌舞就像流行色，流行款要年年都有才能满足大众文化消费的期待，那些怕被时尚甩掉了的族群总是随波逐浪的粉丝，他们从不在乎你嘚瑟了什么，而在乎你能不能嘚瑟起来。流行的时尚就是个大杂烩，在这个大杂烩火锅中，人们把自己夹在其中能涮就行，就怕流行的时尚队伍中不算我一个。挤进时尚大杂烩的队伍中，还能发挥自己的才华，拍摄各种模仿版，不分人种、肤色，人们一学就会的“骑马舞”，恰恰能满足大众追逐时尚的需要。

几天前外出，在火车卧铺的对面坐着一个60多岁的老妇人，她手里拿着一部“爱疯”，看见我那款十年前就淘汰了的手机说，你的手机早该扔掉了，你看我这款“爱疯”，我女婿给的。我马上夸她：“你跟得上时尚，我是不行了。”正说着话，老妇人手机来了短信，她摆弄半天也打不开、看不了，急着问我，我哪知道“爱疯”咋用呀。大众就是这个老妇人，多老了，宁可遭罪也都想随波逐流跟时尚。

都市的大众就是一群最没有文化坚守精神的群体，他们最容易放弃昨天的趣味，不假思索地喜新厌旧，满足于感官的刺激，却丝毫不屑于思考。看看报纸就算阅读，连期刊都懒得翻，有台电脑、苹果手机看看信息就足够了。但对于时尚风中的服装、发饰、音乐、手机、装饰品，甚至新名词是绝不落下半步的。大众的生活最怕无聊，大众最难忍受的是孤独，追逐流行的时尚就是不甘寂寞的一种最好方式，不论智力指数高低，不管财富多少，不讲究你是贵族还是平民，流行打乱了原有的次序，流行抹平了过去的差别，大家在新的时尚与流行面前谁都没了原有的优势，你一度的拥有成了明日黄花，你曾经炫耀的资本变为昨天的请柬，与当下的时尚同步才不是落伍。

现代城市大众文化的舞步就是朴载相大叔《江南Style》的骑马舞，能嘚瑟起来就行了，特别又适合中国都市人的口味。骑马嘚瑟的这种流行的时尚文化在德国、在希腊、在北欧各国就没有火爆的市场。

» 作家“驻校”互戴的高帽

“驻校”作家的做法在国内是首师大诗歌研究中心和《诗刊》社在2003年首创的，迄今已有十几所大学也跟着效仿了。

韩少功和格非也于11月5日进驻华中科技大学，作家毕飞宇已正式到南京大学做教授。刘震云和阎连科等作家已受聘为人民大学文学院驻校作家。拿到博士学位的80后作家张悦然也于8月作为应届毕业生应聘到人民大学做了正式教师。

我对“驻校”一词始终理解不好，这究竟是一种人事制度的改革还是一顶捧人的高帽？如果像广西民族大学那样，“驻校”是永久的进驻，把工资关系都转到高校，从此就是大学的人了，作家成了业余，教授成了主业，那还能叫“驻校”作家吗？也就是作家被大学招安了。

眼下所谓的“驻校”作家，更多的是短期的交流活动，甚至讲一课就离校了，这就是一次高校与作家间的交流事件，无论时间是长还是短，“驻校”都不是“住在学校”，说成“驻校”只不过是让媒体更感兴趣。

关于作家“驻校”的意义何在，谁都会自我神圣一番。武汉科技大学蒋济勇教授认为是一种很好的交流。“作家和学生可以在对话中互相发现。”而人民大学文学院院长孙郁则认为：尽管大学里研究文学的人很多，但是有创作经验的人却很少，离文学仍然很远，很多文学院的学生毕业后，会看，却不会写。而作家驻校则很好地缓冲了这些问题。因为学生需要培养的不是文学史的知识，而是创造力和想象力。有着创作经验的作家可以帮助他们对于作家建立直观印象，有助于敏感力的培养和文字的创造。

作家的创作灵感与想象力是不能被集体培养的，这不是作家们的行业垄断，谁都明白，要是作家能培养，那诺贝尔文学奖的得主们一定先把自己的老婆、子女都培养成作家，不为别的，就冲着那笔巨款也不让它流入外人的田地呀。可诺奖的得主们不是没这个私心，而是没有这个能耐，要是有，你以为他道德高尚不干“垄断”的事儿呀。连王小二大饼的烙法他都传媳不传女，当作家多高雅，一定优先自己家呀。

莫言经常“驻高密市”，高密的父老乡亲的文学修养就一定高于没诞生过作家的县市吗？莫言还常住在家里，莫言的夫人也没被影响成为一个业余作家呀。广西作家东西调入广西民族大学都8年了，8年中在广西民族大学培养的学生有博士、硕士，有的甚至成了副教授，可就是没培养出一个著名的“小东西”。我作为一名作家户主住在家里30多年了，我的家庭成员迄今只谈收入不谈文学。

再说，大学就不是培养作家的地方，这就像大学里都设有体育系、音乐系，可以请刘翔、姚明、“大衣哥”、阿宝与孩子们见面互动玩一玩，可别以为让这些体育明星“驻校”一次，校园从此就诞生小刘翔，长出小姚明，会冒出“小衣哥”了。从大学体育系、音乐系毕业的人大多是教练员、教员，不会是运动员，更不会是奥运冠军。更何况运动员还可以训练的，作家真的无法培养。

“驻校”作家就是一顶作家与高校彼此可以互戴的高帽子。作家著名了，大学有光；大学有名了，作家增辉。例如，莫言要是“驻校”山东大学，全世界都会关注，北京大学要是邀请老夫驻校，我就不再是我了，而是神了。除此之外，作家的“驻校”往大了说，也就是提升一点学生的文学素养，可这样的作用还用著名作家去吗？一名文学院讲师还做不了吗？作家“驻校”事件的轰动效应大于了文学本身的意义，可别成风，不结果子光花，开得再好看也没用。